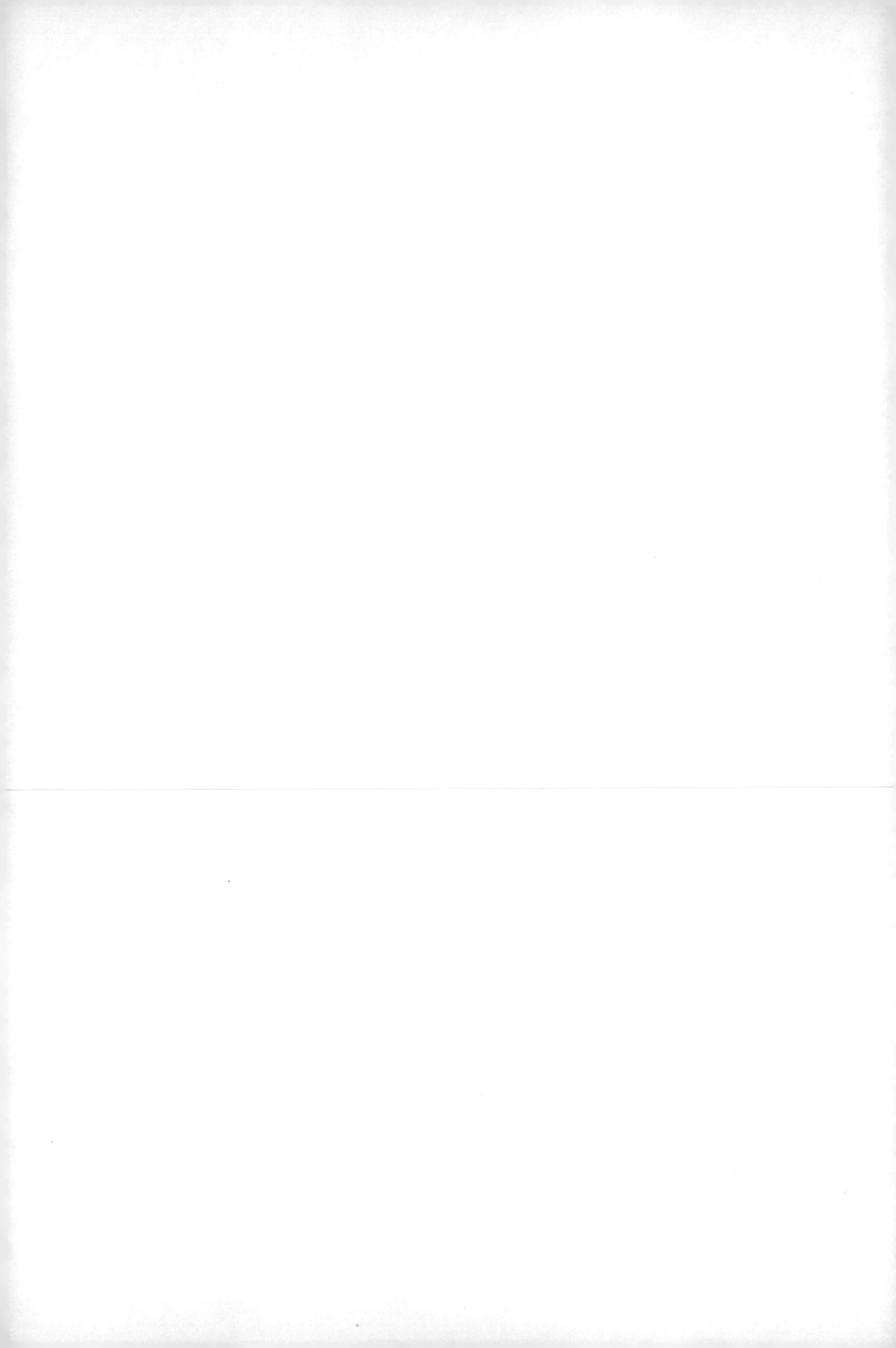

大畫情聖
第二輯
七
真命天子
上山打老虎 著

【目錄】

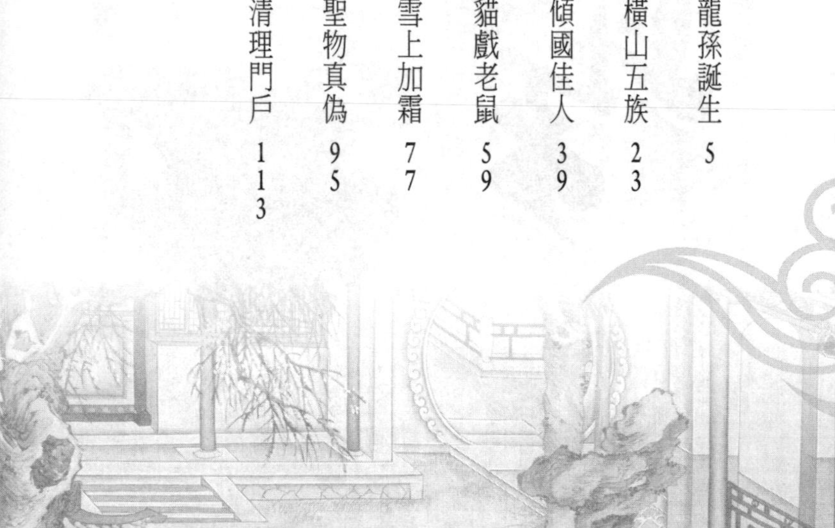

第九十一章 龍孫誕生

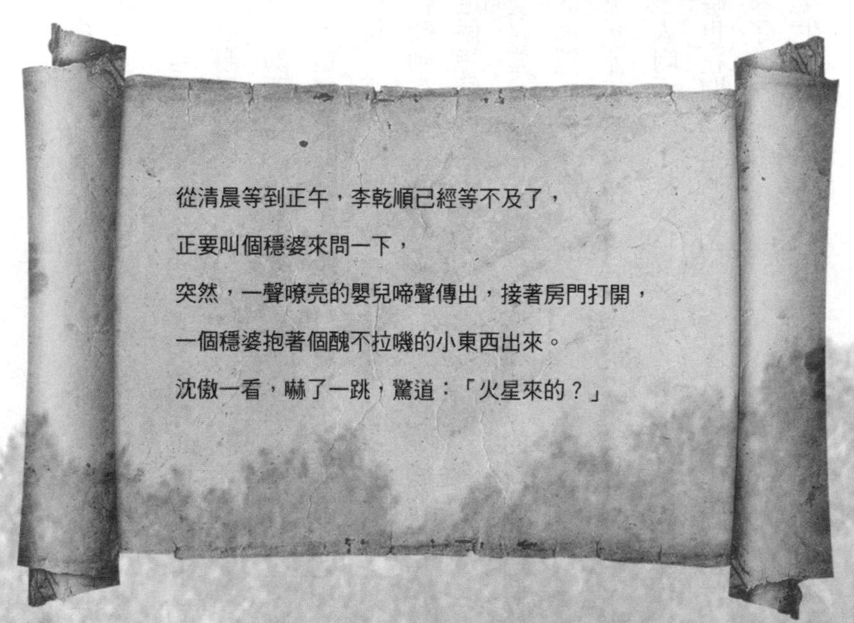

從清晨等到正午，李乾順已經等不及了，

正要叫個穩婆來問一下，

突然，一聲嘹亮的嬰兒啼聲傳出，接著房門打開，

一個穩婆抱著個醜不拉嘰的小東西出來。

沈傲一看，嚇了一跳，驚道：「火星來的？」

女真人落荒而逃，這一場殺戮，恰恰表明了沈傲的決心，消息傳到西夏各地，也令西夏人對這攝政王刮目相看。

原來這南人做了攝政王，也不全是之乎者也，也有冷酷的一面。各州府立刻變得平穩下來，朝廷的政令終於可以暢通無阻。

轉眼兩個月過去，八月初的西夏異常的悶熱，有時大風揚起，街上到處都是風沙陣陣，令行人不得不掩鼻出入，這惡劣的隴西，原本也是魚米之鄉，如今卻是荒涼無比。

整個龍興府都在屏息等待，甚至是尋常的百姓也在悄悄打聽消息，門下省是否已頒發了詔令，或是禮部有了什麼動作，又或者是有沒有宮人出來報喜。掐指算算，懷胎十月，那天潢貴胄的龍子在這個時候也該出生了。

這孩子是未來的國君，是當今太上皇的獨孫，是攝政王的長子，這個孩子，將在未來掌握西夏，主掌萬千人的命運。

意識到了這個，所有人都在焦躁等待。也有人悄悄擔憂，怕就怕生出來的是個女孩。此言一出，立即被許多人呵斥，不是說他烏鴉嘴，就是說他胡說八道。

就連操練的禁衛休憩時也在關注這個消息，營官隊官們嘴上雖然訓斥，可是心裡頭也免不了在想，時候差不多了。

這時，最風光的便是接生的穩婆和大夫，胎兒何時出生，又該如何如何，他們都能說出個子丑寅卯來。

千呼萬喚中，李乾順亦在掐算日子，每日起來，便是叫來懷德，只問一句：「公主如何了？」懷德大多數時候都是說：「就要大喜了。」聽到這個，李乾順就搖頭，一日茶飯不思，勉強吃些五穀粥米。

他最近這些時日都在看邃雅周刊，是叫人從大宋快馬送過來的。

人一閒下來，便要尋個事做，沈傲便叫人呈上這個，他開頭覺得沒什麼意思，裡面都是些才子佳人、神仙鬼怪的故事，可是後來卻看出了興頭。

有時看到故事截了一半，且都在最緊要的關頭，意猶未盡，下一期卻還沒送來，不禁火起拍案，剛巧覷見了故事下首的「陸之章撰」這幾個字，便道：

「這姓陸的小子若是我西夏人，朕一定要治他的罪！豈有此理，哪有這般吊人胃口的？」

這話傳到沈傲的耳朵裡，隨即一笑置之，少不得夜裡提起筆來，給陸之章寫一封家書，裡頭寫道：「表弟且牢記為兄之言，切莫入西夏之地，切記，切記。」

到了八月初七這一日，李乾順醒來，還沒問話，便看到懷德興沖沖地過來，道：

「太上皇，大喜了，大喜了。」

李乾順精神一振，什麼病痛都好了，叫人披了衣衫，趿鞋便隨懷德往儲閣去。恰好撞到幾個御醫和穩婆背著藥箱也正匆匆前往。這些人見了太上皇，心裡便嘀咕，這太上皇什麼時候如此龍精虎猛了？卻都不敢耽誤。

到了儲閣外頭，沈傲恰好出來罵：「御醫呢？御醫都死哪裡去了？平時見他們一個個活蹦亂跳的，怎麼今日連個鬼影都沒見。」

御醫們立即腳步如飛地衝過去道：「殿下，微臣來遲了。」

沈傲道：「公主肚子痛，落了紅，快進去把脈！哪幾個是穩婆？到本王這兒來，本王教你們注意事項。」

李乾順隨後趕到，道：「你又不是穩婆，囉嗦什麼？都叫他們進去。」一干人衝進去，李乾順後腳也要跟上，卻被沈傲一攔，沈傲笑嘻嘻地道：「公主生孩子，太上皇也要看？」

李乾順頓時醒悟，便站在屋簷下等待。

接著，幾個御醫出來，朝二人行了禮，道：「公主確實是要臨盆了，已經服了藥，其他的事便交給穩婆，微臣幾個也在外頭候著，若是出了……」

李乾順怒道：「出什麼事，能出什麼事？滾，有穩婆就好。」

沈傲咦了一聲，道：「太上皇，要是真的出了什麼事怎麼辦？還是叫他們到這裡等吧。」

李乾順搖搖頭不說話。幾個御醫也不敢說什麼，躲到遠處的長廊候著。

內侍們給李乾順和沈傲搬了座椅，兩個人乾坐著，也沒什麼可說的，李乾順嘴唇顫抖，捏著鬍鬚，似乎在想什麼心事。沈傲則搓著手，時而笑嘻嘻的，時而哀怨幾下，心情複雜。

偶爾穩婆會進出一下，沈傲便站起來問道：「生了嗎？怎麼沒聽到小嬰兒哭？」穩婆還沒回答，李乾順便拉住他道：「你懂個什麼，沒有這麼快，慢慢地等。」

沈傲只好重新坐下，開始聽到淼兒在裡頭呻吟了，沈傲不忍再聽，只好道：「我去外頭走走。」

李乾順也聽不得這叫聲，便也站起來：「朕陪你去。」

兩個人一前一後，卻不敢離得太遠，默默地走了一圈，又回到簷下，像是有默契一樣。

沈傲突然道：「我夜觀天象，昨夜有武曲星落下。」

李乾順搖頭道：「爲何朕夜觀天象，卻是文曲星？」

所謂夜觀天象，都是假的，不過是寓意罷了，沈傲是寓意自家的孩子健壯勇敢；而李乾順一聽武字，立即打斷他的話，意思便是說，他希望自家的孫兒該是才高八斗。一邊的懷德心裡卻在納悶，昨夜有星星出來嗎？

從清晨等到正午，李乾順已經等不及了，正要叫個穩婆來問一下，突然，一聲嘹亮的嬰兒啼聲傳出，接著房門打開，一個穩婆抱著個醜不拉嘰的小東西出來。

沈傲一看，嚇了一跳，驚道：「火星來的？」

李乾順視若珍寶地將小傢伙抱住，揭開襁褓的一角，道：「是個男孩，真是漂亮。」

沈傲以為自己看錯了，再去看，這小孩皮膚皺巴巴的，呈現一種透明的蒼白，頭髮還黏呼呼的，眼睛像是睜不開一樣，哪裡漂亮？便疑惑地道：「漂亮嗎？」

穩婆見慣了這種場面，笑嘻嘻地道：「漂亮，漂亮。攝政王，小孩生出來都是這般模樣的，等滿月就好了。」

沈傲這才喜滋滋地從李乾順懷裡將小傢伙搶過來，摟著左看看右瞧瞧：「是頂漂亮的，像我。」

李乾順的眉頭皺了起來，沈傲見了，立即補上一句：「不過，還是有幾分淼兒的神色，神韻像極了。」

李乾順化怒為喜：「你看他像不像朕？」

沈傲立即板起臉：「不像。」

二人進房去，走到榻前，淼兒已經疲倦得睡著了，小傢伙突然又哭起來，沈傲便道：「誰有奶?小傢伙餓了，快點餵奶！」

奶娘是個風韻綽綽的美婦人，眼神勾魂顧盼著向李乾順和沈傲問了安後，便將小傢伙抱過去，也不拘謹，掀開衣襟，露出一團雪白的柔軟之物，便往小傢伙口裡塞。小傢伙立即安分下來，拼命努力吸吮。

沈傲一動不動地看得眼都直了，李乾順又是大怒，道：「看什麼?有什麼好看的。」

宮中數十個內侍飛馬出去，喜報傳出，各部衙堂已經亂作了一團，許多人交頭接耳打聽是皇孫還是公主，聽到皇孫二字，俱都喜笑顏開，喜滋滋地準備上賀表了。

楊振在禮部聞知喜報，忍不住吁了口氣，道：「天幸大夏。」他立即招來禮部幾個郎官，做好告天的事宜。

這消息，如長了翅膀一樣送到四面八方，亦送到了熙河。

童貫看了奏報，眉眼露出喜色，道：「大勢已定，立即呈報入宮，不必體恤馬力，要快！」

快馬一路南下，轉眼到了汴京。

汴京倒是一切如常，蔡京已經不在，新上來的李浪子近來也沒做出什麼動靜。至於那去了天邊的沈愣子，大多數人巴不得他永遠不要回來，好落個清靜。做官最怕的就是擔驚受怕，大家寒窗苦讀容易嗎？好不容易修成正果，偏偏天上卻降下一個煞星來，這還了得？

可是越怕什麼就越來什麼，一聽是三邊來的奏疏，門下省的書令史們就大感頭痛，打開一看，果不其然，想不到那愣子居然還活著，還生出了個小愣子來。說不準再過些時日，沈愣子又要回來，啊呀呀，這清靜日子才過幾天，一個個嘆著氣將奏疏送到李邦彥的案頭上。

李邦彥看了奏報，眼眸中閃過一絲冷色，隨即笑嘻嘻地道：「平西王有喜了，這消息，陛下準是喜歡，諸位在這兒照常辦公，本官進宮去。」說罷，抄起奏報，準備立即覲見。

趙佶每日醒來，也是掐著日子，安寧的肚子日益大起來，整日都在太后那兒，有時覺得悶，便叫蓁蓁幾個進宮來伴著。

趙佶悄悄地問過太醫，說是這孩子多半要再等三個月才能生，心裡有了期盼，做事卻沒什麼心思了，好在有李邦彥擔著，讓他有心思閒坐發呆。

他和李乾順不同，李乾順做任何事都有規矩，清早起來做什麼，用過了早飯該見誰，正午之後又該如何，每一步都不容有差，幾十年如一日。可是趙佶卻是個散漫慣的人，興致來了，或許還能做點兒事，興致沒了就拿著筆發呆，全憑他自己的喜好。

一堆奏疏被他一推，顯然又是沒了心思，站起來道：「去太后那兒。」

說是去太后那裡，其實是要去看看安寧。他每日夜觀天象，都在琢磨著哪顆星辰是那孩子的，這和沈傲信口胡扯不同，趙佶對這個挺在行，紫微星、武曲星，他心裡都有數。

楊戩聽了吩咐，也不說什麼，笑嘻嘻地道：「奴才先去通報一聲。」趙佶頷首點頭。

正是這個時候，卻有內侍進來，道：「陛下，李門下覲見。」

「李邦彥……」趙佶微微皺眉。

對這李浪子，他談不上有多喜歡，只是覺得此人辦事得力，還算勤勉，反正只要能幫他處理那些亂七八糟的事就行了。這個時候求見，莫非是為了政務？或是哪裡遭了災，要他來決斷？

趙佶淡淡地道：「叫他進來吧。」內侍急促地去了。

過不多時，李邦彥眉眼滿是歡喜地進來，納頭便拜：「微臣見過陛下。」

趙佶露出些許笑容，給他賜了坐，又叫人斟了茶，略帶幾分不耐地道：「怎麼了？」

李邦彥將奏報呈上，趙佶略略看了一下，喜滋滋地道：「果然是大勢已定，沒事就好。」轉而又鬱鬱地道：「真是豈有此理，孩子落地，他沈傲不去寫奏疏，卻要邊關報過來。」

李邦彥慢悠悠地道：「陛下息怒，平西王畢竟是攝政王，以攝政王之尊……」

李邦彥這句話，用心不可謂不毒，言外之意是沈傲已不再是從前的沈傲，不再是趙佶的臣子，這句話但凡是人君都不能接受。

趙佶雙眉一沉，道：「胡說八道，沈傲剛剛生了孩子，自然歡喜，哪裡還會想到這個？換做是朕，也是這樣，往後不要再胡言亂語。」

李邦彥不曾想趙佶會對沈傲這般回護，立即生出更大的警惕，笑嘻嘻地道：「陛下說得是，微臣真是萬死。」

他這個門下省中樞也是鬱悶至極，懷州已經來了消息，貨物帶不出關，偏偏他名為首輔，卻連邊關都叫不動，這個門下令和蔡京相比，折扣實在太大。一日不能出關，懷州便虧損越多，誠信也化為烏有，損失何止億貫？以至於懷州的人整日進進出出，都是請李邦彥出馬的意思，李邦彥無可奈何，只能先安撫住。

可是安撫不是長久之計，他這門下令看上去位高權重，其實若不是懷州眾人擁護，也成就不了他到如今這個地位。為了維持有別於蔡京的形象，剛剛主掌門下時，他可是一文的賄賂都不收的，靠的都是懷州每月按時送錢過來支用。若是再這般下去，沒了懷州的財源，且對他離心離德，到時樹倒猴散，他在朝中就不安穩了。

趙佶淡淡一笑，道：「女真人有什麼消息？邊關那邊該有奏報吧？」

沈傲退還了金人的國書，已經聯絡三邊，隨時做好抗金的準備，趙佶預感風雨欲來，近來很關心這個。

李邦彥趁機道：「陛下，有細作說，金人的兵馬調動頻仍，看這模樣，只怕是真要侵夏了。」

趙佶頷首點頭道：「下旨到三邊，隨時做好準備吧。」

李邦彥趁機道：「童公公年事已高，便是衷心竭力，也未必有這心力。」

趙佶抬起頭，心裡琢磨了一下，童貫的年歲確是不小了，便笑道：「你是如何想的？」

李邦彥道：「何不派一欽差前去三邊，督促一下軍務？」

趙佶悵然道：「這個倒是，只是誰可擔此重任？」

李邦彥嘻嘻笑道：「成國公是懷州人，老家距離三邊不算遠，據說也粗通一些弓馬；再者說，陛下前些時日調他在殿前司，軍伍想必他是熟稔的，何不如欽命他責三邊，協助童貫，一面也傳達聖上旨意，讓將士們用心竭力？」

趙佶狐疑道：「你說的是鄭貴妃的兄長？」

李邦彥笑呵呵地道：「正是他。」

趙佶淡淡地道：「朕倒是常聽鄭貴妃說起他，確實是個想做事的，只是邊鎮辛苦，他未必會肯去。」

李邦彥肅然道：「陛下勿憂，成國公幾次三番的到微臣這兒來求告，就是想外放立些功業出來，省得別人說他是兄憑妹貴，讓人小覷，只要陛下下旨，保準他是欣然而往的。」

趙佶聽了便道：「是不能在汴京成日無所事事，該出去歷練一下了。這個旨意，就從門下出吧。」

李邦彥大喜過望，連忙道：「陛下聖明！」

祈津府。

這裡原本是契丹的中都，如今落在金人手裡，幾年之間蕭條了許多。金軍入城之後，縱馬掠奪三日，屠戶十萬，因此人丁驟然減少；再加上大量民戶潛逃，便是在白日，街道上也是一點人煙都看不到。這裡本來距離關塞還有一段距離，卻比大漠還要大漠了。

只是那雕梁畫棟和磚石的街道還在，雖然外城仍有縱火的痕跡，偶爾可見斷壁殘垣，可是內城卻保存完好。尤其是那巍峨的契丹皇宮，如今已經換了新主，煥然一新，鶯歌燕舞，富麗堂皇。

宮室的一角，名叫文昭殿，殿裡十幾個人落座，並沒有太多的規矩。坐在上首之人，年歲已是不小，卻是虎背熊腰，剃著一個光頭，雙目炯炯有神，如狼四顧，叫人不敢與之對視。

他便是女真國主完顏阿骨打。

完顏阿骨打皺著眉，一雙眼睥盯住跪在地上的完顏宗傑，臉上一道猩紅傷疤似乎在蠕動，顯得猙獰無比。

「他……就是這樣回答？」完顏阿骨打一字一頓，似乎有些不可置信，女真崛起，橫掃六合，想不到這次卻是碰到一顆釘子。

完顏宗傑跪在殿中一動不敢動，哭喪著臉道：「宗傑絕不敢隱瞞，此人狡猾如狐，又狠厲無比……」

完顏阿骨打一步步走到完顏宗傑跟前，居高臨下地看著他。完顏宗傑還要繼續說，卻不防完顏阿骨打一腳將他踹翻在地。

完顏阿骨打狠狠地揪住他，怒氣沖沖地道：

「夠了！完顏宗傑，我女真的漢子絕不會漲他人士氣，滅自己威風，你這黑水白山的雄鷹，難道已被那草雞嚇破了膽嗎？」

「我……我……」完顏宗傑粗重地喘著氣，整個人猶如被抽乾一樣，哭喪著臉道：「大王息怒……」

「是叫陛下，叫陛下！」完顏阿骨打狠狠甩了完顏宗傑一個耳光，猙獰地道：「此仇不報，誓不爲人。先是殺了我的皇兒，今次又這般辱我。」

他一下子將完顏宗傑推開，抽出腰間的佩刀，整個人宛如一尊雕塑一樣，惡狠狠地道：「踏平西夏，我要生擒那蠻子！」

兩側的女真勳貴紛紛低吼，抽出刀來道：「殺！」

完顏阿骨打臉上抽搐兩下，隨即道：「撤回完顏祿的大軍，取道隴西，我要親自徵發二十萬勇士，去西夏取他的人頭。」

「大王。」激動的人群中，一個人靜悄悄地安坐，直到這個時候，他才出言。

這人一看就是個漢人，頭上戴著綸巾，身上穿的是一件厚重的女真對襟襖子，顯得有些不倫不類，手上把玩著一塊璞玉，淡淡地道：「大王乃是非常之人，所過之處攻無不勝，可謂英雄絕世。」

完顏阿骨打目光如鷹一樣落在這漢人身上，惡聲道：「范姜，你要說什麼？」

范姜嘆了口氣，繼續道：「大王，契丹人就要垮了，我女真勇士連年征伐，契丹人筋疲力盡，或許一年，或許只需三月，我大金只要破了那連綿的關塞，便可一鼓作氣長驅直入。可是這時候移師攻夏，若是給了契丹人可趁之機，那此前的辛苦，豈不是全部白費？」

他繼續分析道：「君子報仇十年不晚，何況是大王這樣的英雄？暫時先忍他一口氣，待侵吞了契丹，天下二分便可居其一，到時再西擊西夏，南取宋室，豈不是正好？爲何要貪圖一時之快，而棄了前功？」

「你說什麼？大王如何做，也是你可以妄論的？」一個年輕氣盛的女真人站起來，惡狠狠地盯著范姜，一把扯住他的前襟，揮拳要打。

「夠了！」完顏阿骨打怒喝一聲，喝止了那女真人的動作，負著手在殿中來回踱步。他雖魯莽，卻也不是看不清時局的人，這時聽了范姜一言，也覺得有幾分道理。

完顏阿骨打猛然抬頭：「范先生說的話有幾分道理。可是這口氣，本王無論如何也咽不下去。」

他的眼眸閃爍，發出狠厲的光澤，猩紅的傷疤顯得更是鮮紅，猶豫了一下，抬起頭道：「決不能就這樣算了！」

范姜被那女真人拉扯了一下，拼命咳嗽兩聲，顯然受驚不小，才道：

「大王勿憂，其實要對付西夏，也是簡單得很。學生聽說西夏內亂在即，何不如遣一上將，帶三萬鐵騎，對外佯稱十萬，叩關而擊？西夏的叛黨之所以不敢輕易動作，只不過是害怕那沈傲之威而已，若是這個時候犯關，西夏必然生變，到了那時，不勞大王動手，西夏便唾手可得。」

完顏阿骨打沉默了一下，隨即哈哈大笑道：「不錯，你說得不錯，完顏圖圖！」原先那揪打范姜的年輕人站起來，彎腰單手扣在胸上：「大王。」

完顏阿骨打道：「挑選三萬鐵騎去西夏，帶著沈傲的人頭來見我。」他厭惡地看了完顏宗傑一眼，道：「懦夫，滾出去！」

完顏宗傑連滾帶地爬出去，整個殿中發出一陣哄笑。

沈傲坐在床榻旁看著小傢伙竭力想翻滾，用手去刮了下他的小鼻子，小傢伙皺眉，露出不喜之色，沈傲又刮了一下，小傢伙用腳將沈傲的手踹開。

「這個傢伙，怎麼不像自己的兒子？他爹可是出了名的和氣的。」沈傲心裡想，大叫一聲：「奶娘，餵奶了。」

「餵什麼餵，那奶娘已經被我遣出宮去了，一看就不是正經人家。」沈傲說到「奶娘」二字，和小傢伙同榻的淼兒已經皺起了眉頭。

沈傲立即道：「說得是，我早就瞧那奶娘不順眼了，咱們是天潢貴胄，怎麼能請這樣烏七八糟的來。」心裡卻感嘆，莫非淼兒親自給小孩子餵奶嗎？

又繼續道：「沒了奶娘，如此豐腴真是可惜。」

淼兒輕笑道：「我叫人另請了一個正經人家的來，碧兒，你去喚一下。」一旁侍立的一個貼身丫頭應聲去了。

過不多時，便領了一個少婦過來。

沈傲滿是期待地看過去，頓時大倒胃口，這婦人生得可算是奇醜無比，水桶般的腰，粗濃的眉毛，嘴好像長在鼻上，鼻子卻可以忽略不計了，一張大餅似的臉，多瞧一眼，都覺得是罪過。

「世上原來有這樣的人，虧得淼兒能尋到。」沈傲立即別過臉去，臉上卻是一副歡欣鼓舞的樣子，像是換了一個奶娘，他恨不得浮一大白慶賀一樣。

淼兒將孩子抱了給那奶娘，沈傲心裡說：「小傢伙快哭，快哭，不要這奶娘，再換一個來。」

誰知這小傢伙見了奶便忘了娘，先還是皺著小鼻子，似乎對生人有幾分排斥，等喝到了奶，立即就什麼都不管了。沈傲心中泣血，這世上果然沒有人可以相信。

正胡思亂想著，懷德急匆匆地過來，道：「殿下，出事了，楊門下和諸位大臣一道求見，連太上皇也驚動了，都在暖閣等著殿下過去。」

沈傲嗯了一聲，心裡想，莫不是又是爲了孩子取名的事？眼看這孩兒就要滿月，名字卻還在爭執。禮部雖然選了幾個吉利的名字，可不是沈傲不喜歡，就是李乾順不認可，就這麼拖著，頗有些劍拔弩張的意思。

沈傲搖搖頭，對淼兒道：「我去看看。」說罷，起身和懷德一道去暖閣。

第九十二章 橫山五族

聽到「橫山五族」四個字，其餘的官員多是暗暗搖頭。這橫山五族也是黨項族的一支，元昊大帝的時候就桀驁不馴，因為與元昊並非是一個部落，因此在元昊統一黨項之前，還曾與元昊交戰仇視。

暖閣裡一片肅靜，十幾個人各自坐著，專等沈傲過來。

等沈傲踏入門檻，除了李乾順，所有人全部站起來，行禮道：「殿下……」

沈傲點點頭，給李乾順行了禮，便道：「取名的事，本王已經說了，就叫沈雅，駿馬爲雅，日行千里，豈不是好？」

楊振咳嗽一聲，道：「殿下，今日要說的不是這個事。」他頓了頓，道：「女真十萬鐵騎突然犯邊，聲勢浩大，據邊關陳報，竟是連綿數十里不見尾翼，連破數堡，銀州軍使率部投降，其餘幾路軍使眼看也支持不住，紛紛請朝廷增援。」

沈傲皺起眉道：「女真人瘋了嗎？」

見眾人都看著自己，連李乾順都不例外，沈傲沉默了一下，道：「女真人應當不會有十萬人，女真的鐵騎，至多也不過三十萬，眼下傾力攻打契丹，哪裡能抽調出這麼多軍馬？依我看，他們的人數至多在五萬人之間，詐稱十萬，不過是恫嚇而已。」

李乾順道：「大宋可以出兵嗎？」

沈傲沉默了一下，道：「遠水救不了近火，大宋以步卒爲多，除非女真傾力來攻，否則也派不上用場，不過，可以先調馬軍司入夏。眼下當務之急，還是立即調兵增援。」

眾人聽了紛紛點頭，女真人的進攻手段一向是以騷擾為主，再者說，不到最後時刻就讓大宋大軍入境，對西夏來說也是一件難以啓齒的事。馬軍司有萬人，禁軍有五萬，這些人若是馳援，或許可以與女真人一較長短。

兵部尚書苦笑道：「殿下，京畿至多抽調兩萬人已是極限，再少，就怕後院著火。」

沈傲頷首點頭，眼下的西夏遠遠還沒有到團結一心的地步，各地的隨軍暫時動不得，畢竟戰力實在低下，去了只會徒增負擔，京畿若是能抽調兩萬，加上馬軍司也不過三萬。憑著這三萬人馳援，以現在女真人全盛時期的戰力，勝負難料。可是各處邊鎮又不能動，都有職責在身。

只是這一戰，卻關係著整個西夏的存亡，一旦讓女真人破關而入，勢必會產生動盪，眼下國族本就不滿，全憑著沈傲的威勢才鎮壓住，若是一旦落敗，到時並不會缺少火中取栗之人。

沈傲不由苦笑，西夏號稱有五十萬大軍，想不到臨到頭來，竟沒有可用之兵。不過，就算是如此，斷然回絕女真人的勒索，沈傲也絕不後悔。人是有惰性的，退了一步，就會有第二步，第三步，一步步退下去，雖能苟且一時，卻不是根治的辦法。沈傲寧願選擇轟轟烈烈的去打一場。

李乾順一直沉默著，這時突然道：「還有一支軍馬。」

所有人抬起眸來。沈傲看著李乾順，心裡道，你爲何不早說？

李乾順肅然道：「只不過未必能夠調得動。」他苦笑一聲，才又道：「便是朕也沒有這個把握。」

楊振小心翼翼地道：「太上皇說的莫非是橫山五族？」

聽到「橫山五族」四個字，其餘的官員多是暗暗搖頭。這橫山五族也是黨項族的一支，元昊大帝的時候就桀驁不馴，因爲與元昊並非是一個部落，因此在元昊統一黨項之前，還曾與元昊交戰仇視。

此後西夏國建立，橫山五族在黨項國族之中，也屬於特立獨行的存在，幾十萬族人一直在西夏與契丹的邊界群山中居住、放牧、游獵。因此，整個國族腐化的同時，唯有橫山五族保存著彪悍本性。

每年春分時，西夏王庭便會到橫山五族去招募勇士，因此，橫山五族在各路邊鎮也頗有影響。其中衛戍在西夏和契丹邊境的橫山騎軍最是驍勇。

橫山騎軍人數有三萬人上下，表面上是由大夏節制，其實軍權卻控制在橫山五族的族長手裡。若是能請動橫山騎軍，再加上馬軍司和武備、明武校尉以及騎隨軍，足以湊足七萬大軍，戰力絕對不在女真人之下。

問題是，就算是朝廷發出旨意去，他們也未必肯聽命，要想讓橫山軍出馬，非要有人去說動不可。

沈傲聽到橫山五族，也頗有印象，這橫山五族對自己像是有些嫌隙，至少沒有什麼好感。可是要是金軍已經攻取了一處堡壘，單純的固守已經抵擋不住女真鐵騎了，唯有調動橫山騎軍與之決戰，才能盡殲來犯之敵。

沈傲沉默了一下，道：「橫山五族可以說服嗎？」

楊振看了李乾順一眼，道：「橫山五族以山訛族為主，五族之中也是以山訛人口最多，最是驍勇善戰，這山訛族桀驁難馴，除非太上皇親去……」

李乾順嘆了口氣道：「大夏危亡，存乎一線，朕或許可以試一試。」

沈傲心裡明白，所謂的橫山五族，和西夏的關係更多的只是依附而已，並沒有真正臣服，眼下金夏戰事開啟，這些橫山軍就是不能為西夏所用，將來也是大患，所以這一次非說動不可。

沈傲淡淡地道：「太上皇身體有恙，豈能親自去犯險？要去，就讓本王去。」

舉閣皆驚。

李乾順道：「不可，這龍興府還要你這攝政王坐守，再者，你是一個漢人……」

沈傲打斷道：「我既是攝政王，主掌西夏軍政，自然該我去，太上皇坐守京師就可。兵部立即調動糧秣，可讓烏達與李清暫時先帶兩萬精騎北上，馬軍司那兒，本王會寫信讓他們儘快成行。若是本王說動了橫山軍，三路大軍就一起在祁連山和燕支山會合。」

沈傲頓了頓，用一種不容置疑的口氣道：「還有一樣，本王說過，皇孫的名字叫沈雅，禮部那邊，立即刻印玉牒吧。」

楊振心裡苦笑，方才還在說女真和橫山五族的事，結果一下子又跳到皇孫名諱上，這攝政王的思維，當真是拍馬都追不上。

李乾順朝沈傲暗暗點頭稱許，對沈傲這種口吻頗為認可，便道：「既然如此，那就按攝政王說的辦。增援之事，宜早不宜遲，不要耽誤。」

楊振等人拜辭離開，暖閣裡只剩下李乾順和沈傲。

李乾順看了沈傲一眼，道：「山訛族首領鬼智環為人十分機警，又殺伐果斷，三年前，朕派一名使者去招募五族勇士，卻因為犯了山訛族的忌諱，說了些不該說的話，被那鬼智環當場格殺，你要小心，言行都要注意一些。」

沈傲驚訝地道：「敢殺敕使?!陛下就這樣縱容他們？」

李乾順道：「五族曾與國族有約，雖是依附，卻不統屬，再者西夏四面楚歌，若是因為這個而滋生內亂，只會讓契丹、大宋、吐蕃，甚至是瓦剌人有機可趁。」

沈傲頓時明白了，說起來，西夏這地方不但鳥不拉屎，還四面八方都是敵人，哪一個都不是輕易能招惹的，也虧得西夏人能堅持到最後才被蒙古人消滅，單這份打不死的精神，就無愧是個不死小強了。

李乾順繼續道：「五族之中，最對宋人反感的是訇納族，族長李成，母親是宗室出身，為人狡詐，你最該提防的就是他。至於送去五族的禮物，朕來備齊，他們不肯出兵，你就立即回來，千萬不要強留，這些人目無王法，誰都敢殺的。」

沈傲笑嘻嘻道：「其他尚且不論，說起殺人，橫山五族在小婿面前，還差了許多火候。」

從暖閣裡出來，回到儲閣，迎面撞到新來的奶娘正給小傢伙餵奶，小傢伙貪婪的吸吮著，得意洋洋的攥著拳頭。沈傲看了奶娘露出來的雪白胸脯，再看看那張臉，霎時什麼興致也沒了。

衝進隔壁的臥房去，淼兒坐在榻上刺繡。沈傲脫了外衫，一面道：「明日我要出龍興府一趟。你眼睛不要湊得這麼近，小心弄壞了眼睛，碧兒，再去添一盞燈來。」

碧兒應命出去，淼兒停了手上的事，抬眸道：「回汴梁？」

沈傲搖頭苦笑：「回去倒好，這一次是要去橫山。放心，沒什麼事，只是例行的巡視，看看那些橫山的猴子們好不好。」

淼兒皺起眉：「橫山五族嗎？他們頑劣極了，我記得小時候，他們派人來覲見，一臉的凶樣，我那時還被嚇哭了呢。」

她突然警惕起來：「我聽說山訛族的族長是個女人，你莫不是奔她去的？」

平時都是沈傲冤枉人家，現在卻被人栽贓，連叫冤都沒處叫去，立時面不改色的道：「是嗎？原來山訛族族長是女人。」心想，若是女人倒好了，女人總比男人好對付一些。

又想，住在山上的女人，又是什麼族長，多半也好不到哪裡去。他心裡對自己說，沈傲啊沈傲，千萬不要對這種事有什麼妄想，希望越大失望越大。

淼兒端詳了他一下，看不出有什麼破綻，才嫣然一笑，叫沈傲坐在榻前，放下針，一把摟住他的脖子道：「方才冤枉了你是不是，知道你這人怕麻煩，卻還讓你去橫山，想必是爲了國事，都是爲了我們的孩子，是不是？」

沈傲享受了片刻的溫柔，頓時覺得刀山火海都敢去了。

淼兒的眼眸朝他顧盼一下，已做人妻的淼兒，渾身上下舉手投足都有一種勾魂的魅力。淼兒低聲道：「不然，今日便成全了你。」

自懷胎到現在，雖是坐完了月子，可是二人至今還未行過房，沈傲呆了一下，盼星星盼月亮就等這個時刻，喉結不禁滾動了一下，不由自主的道：「好。」

淼兒瞋目看了他一眼，道：「哼！成天就知道這個。」

沈傲這才想到，大男人對這種事總要扭捏一下，立即板著臉道：「殿下，光天化日的，不太好吧。」

淼兒才笑嘻嘻的道：「這才像話，等夜裡再說。」

一夜過去，說不出的疲倦。沈傲清早起來，卻不敢閒下，昨夜就叫了烏達和李清覲見，他們率先帶軍赴援，當然要安囑一些事。

在偏殿裡見了二人，二人一起行了禮，沈傲頷首坐下，道：

「三日之後，驍騎營和先鋒營，還有校尉、武士一道出征，這一次非同小可，你們到了祁連山一帶，不要貪功冒進，暫時尋個地方安頓下來，先給金人施加一點壓力即可。等馬軍司和橫山騎軍到了，再一齊出擊。李清，金人的戰法，騎兵校尉已經演示過克勝的方法，這一路上，你不能閒下，要把這個戰法推廣出去，邊打邊學，有些需要修改的地方，可以修改一下。」

李清拱手道：「卑下明白。」

沈傲目光落在烏達身上，道：「烏達將軍這一次部署全局，記得小心謹慎，不過，該獨斷的時候還要獨斷，其他的，本王就不指手畫腳了，本王今日下午就要去橫山，待會兒還要準備一下，都去吧。」

目送兩個人離開，沈傲抖擻精神，直接去面對金人。沈傲這廝雖是膽大包天，可是這次卻是拿自家的身家去做賭注，少不得要緊張一下。不過，他想定的事就會去做，至於成敗，他反倒不再計較了。既然那一日敢將國書拋在完顏宗傑身上，該來的總是要來。

沈傲換了一身戎裝，穿著金燦燦的鎧甲，這麼做，自然是教橫山人知道他不好欺負，也是個軍伍界裡的狠角色。若是換了一身儒衫去裝秀才，八成給那些沒有王法的傢伙一巴掌扇回龍興府來了。

又回儲閣看了下沈雅，戀戀不捨的伸過手去，誰知這小傢伙小口一含，竟是津津有味的吸吮起沈傲的手指，沈傲立即抽出手來，在衣甲上揩了下，旋身前往暖閣。

李乾順倒是沒說什麼，只是道：「若是能說動橫山軍，立即北上，不要耽誤，成敗就在此一舉了。」

宮外是沈傲親自挑選的數十個校尉，這些人都是以一當十的勇士，畢竟這一趟去不是和人打架鬥毆，人太多了，難免會給人一種惹是生非的印象。

打馬出了龍興府，一路向東南行進。半途上，沈傲看了三邊緊急送來的地圖，才知道橫山五族的位置，從東起橫山到天都山，便是大宋、西夏、契丹之間的三角地帶，這裡既是游牧和農耕的交匯處，土地肥沃，山脈綿綿，水草豐美，自古以來農耕者有之，放牧者也有之，更奇特的是，橫山附近的山坡處最適合畜牧，有的山嶺還分佈松、柏等林木，由於河道的沖刷和切割，形成無數河谷小平原。

進了橫山，就像是與世隔絕一樣，除了小徑可以進出，山中可以自給自足，進可攻，退可守，注定了五族有抗拒王命的本錢，也難怪橫山五族如此拿大。

只兩日功夫，沈傲一行人到了銀州。銀州靠近橫山山脈的左側，從這裡可以直接跨越橫山，當地的知府、軍使來見，沈傲也不說什麼，只是叫他們聯絡山中的五族族人。

銀州和橫山爲鄰，平時五族偶爾要出來採買些鐵器，也都是在這裡與商人交易，若說當地的官衙和他們沒有聯繫，那才是怪事。果然，只等了一天，便有幾十個山訛族人前來面見沈傲。

爲首的是一個老者，七十歲上下，鬚髮皆白，和黨項人裝束大致相同，不過黨項人喜穿白衣，而他們則是以黑衣爲時尚。

這黑袍的老者到了沈傲行轅，行了禮，倒是不見什麼倨傲的地方，隨即道：「王爺駕臨，下族有失遠迎，恕罪，恕罪。」

沈傲將這老者扶起，心知黨項人也尊敬長者，這長者年歲不小，在族中地位一定不低，笑呵呵的道：「哪裡，哪裡，本王奉旨監國，可是這西夏的事千頭萬緒，要理清卻是不易。早就聽說橫山五族都是忠君愛國的忠貞之士，是以特來看看，一來讓你們知道本王對你們一視同仁的心思，二來也教你們沐化朝廷恩澤。」

這種廢話，沈傲說得順溜之極，這老頭顯然也不是省油的燈，聽了沈傲的話，也不揭破什麼，誠惶誠恐的道：「殿下大恩大德，五族上下，銘記在心。」

沈傲心裡想，但願看在這大恩大德的份上，你們到時候別喊打喊殺就是，便笑吟吟的道：「本王什麼時候可以進山？朝中還有許多事都耽擱不起，就明日吧，幾位從山中來，出迎辛苦，在這銀州城走走逛逛，本王有賞賜，不必有什麼後顧之憂。」

老者道了句多謝殿下，沈傲笑著叫人帶他們出去採買東西，便回房小憩了片刻。

等到吃晚飯的時候，一個校尉急促的腳步聲傳過來，躬身走到沈傲身旁道：「王爺，打聽出來了，有個叫鬼烏的，很是愛貪佔便宜，帶他們去採買東西的時候，他買的最多。」

沈傲淡淡一笑：「那就從他身上入手。」

沈傲坐在餐桌上，從袖中抽出十幾張錢引出來，拍在桌上：「這個拿去給他，我要知道五族的族長都有什麼喜好，平日的關係如何。尤其是那個山訛族，要詳盡些，一點都不要遺漏。」

校尉拿了錢引匆匆去了。晚些的時候又到了沈傲住處，回報道：「據說山訛族那裡來了些大宋的商人，送了許多兵器過去。山訛族長對他們很是看重。這些人似乎也提及過攝政王。」

沈傲淡淡一笑：「他們怎麼說？」

校尉道：「具體就不知道了，他們是族中的貴客，除了幾個鄉老和族長，也沒什麼人和他們打交道，不過，送去的東西卻是實打實的，馬掌、刀槍、弓弩都是上等貨色。」

沈傲搖搖頭，道：「知道了，還有其他的嗎？」

校尉立即尷尬的笑起來：「還有一樣。」

沈傲瞇著眼睛：「有什麼就說什麼，說一截留一截做什麼，你當是說書嗎？」

校尉肅容道：「那山訛族的族長叫鬼智環，平時都是戴著鬼面出來與人相見，不過據族裡人說，那人卻是個國色天香的美人，攝政王，這算不算重要情報？」

沈傲拍案而起，長身佇立，眼眸清澈見底，正色道：「這個時候，還說什麼美人，本王已有妻室，難道還教我再娶嗎？實在不像話，你在學堂裡學的就是這個，君子坐懷尚且不亂，多讀讀書，不要讓自己淪做了市井小人。」

校尉嚇了一跳，立即道：「卑下萬死。」

沈傲搖搖頭，坐下嘆息一句：「不怪你，怪本王這個司業，教不嚴，師之惰也。」

他淡淡的道：「方才那消息，可是千真萬確嗎？既是戴了鬼面，想必是不願意將自己真面目示之於人的，怎麼那人又知道？」

校尉古怪的看著沈傲。

沈傲慨然道：「你不要誤會，本王只是分析那鬼智環的性情而已，你繼續說。」

校尉道：「聽那人的口氣，確實是千真萬確，可是問他如何確信，他又說不上來。」

沈傲搖搖頭，道：「你再將那鬼智環的喜好說一遍。」

校尉道：「鬼智環最愛的便是刀劍……」

沈傲擺手：「且慢，刀劍？不是說她是女子嗎？」

校尉撓撓頭：「既然是族長，性情肯定大變了。」

沈傲深深點頭：「不錯，也有這個可能。繼續說吧。」

校尉道：「她最厭惡花兒。」

「花兒……」沈傲皺眉：「那傢伙是不是拿了我們的錢說胡話？」

校尉苦笑道：「卑下哪裡知道。」

沈傲嘆息道：「這麼說，本王就非要送一束花給她不可了。」一拍大腿：「就這樣決定，去，請城中的花匠來！」

堂堂攝政王給五族送禮，這攝政王還真有幾分憋屈。不過沈傲不以為意，任何時代，強弱與否看的還是拳頭。誰的拳頭大，誰就是正主。

眼下祁連山一帶軍馬雲集，就等橫山軍出戰，採買些禮物，也是理所應當的事。不過，禮物歸禮物，說出來時卻是賞賜。

第二日清早，由那些黨項人帶路，沈傲騎著馬，會同數十個校尉，還有銀州城抽調的數百個肩挑著賞賜的廂軍，就此進入橫山。

橫山山脈綿連，從銀州出來還是荒蕪一片，可是越是靠近山麓，地上的水草就越清晰起來。這裡的地貌很是奇怪，漢藩雜居，偶爾可以看到清晰的麥田，可是繼續往前走，說不準又可以看到牧民趕著牛馬放牧，放牧耕種，竟然只在咫尺之間。

耕農和牧民見了這一行隊伍，倒是見怪不怪，偶爾會有幾個牧民打馬湊近過來看看，卻不會滋事，很快又走開。

烈日當空，萬里無雲，陽光灑落下來，在群山峻嶺之間說不出的暖和。這裡的河道縱橫，延伸進群山之中，形成一道道河谷，河谷與群山交錯，甚是壯觀。

聽老者說，要進入五族的腹地，沒有兩天功夫是別想的。

到了第二日的傍晚時分，前方驟然開闊起來，眼前竟是一處方圓數里的平原，一望無盡的青草在風中搖曳。

沈傲呆了一下，對身後的一個校尉道：「山中居然還有這麼好的去處，真是奇怪。」

老者淡淡笑道：「殿下有所不知，這裡原本是一處湖泊，後來乾涸了，留下了這膏腴之地，是上天賜給我們五族的沃土。」

老者一邊說，一邊吩咐一個族人快馬去稟報消息，過了一炷香功夫，遠處馬蹄聲隆隆，一支騎隊飛馬過來。

第九十三章 傾國佳人

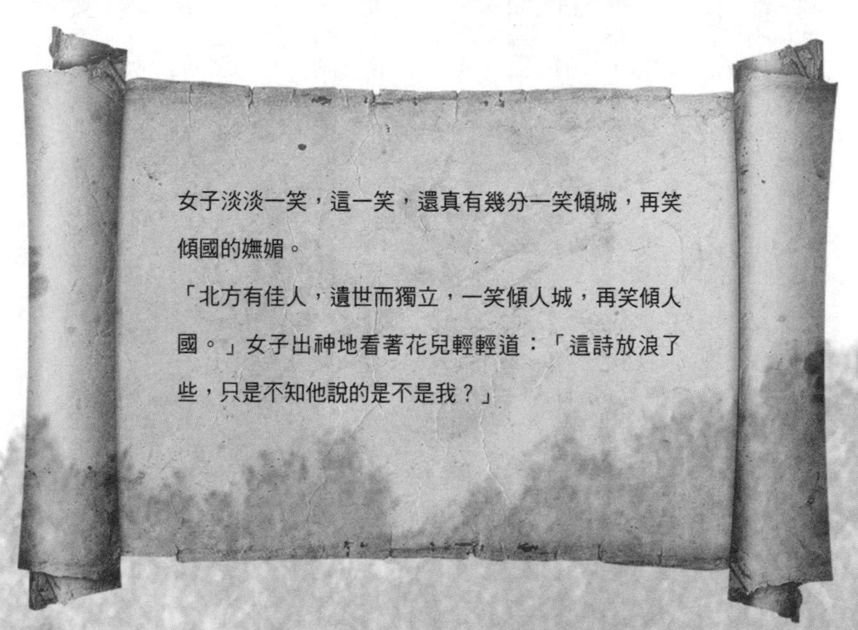

女子淡淡一笑，這一笑，還真有幾分一笑傾城，再笑傾國的嫵媚。

「北方有佳人，遺世而獨立，一笑傾人城，再笑傾人國。」女子出神地看著花兒輕輕道：「這詩放浪了些，只是不知他說的是不是我？」

爲首的一個，確實是女子無疑，雖是穿著黑袍，卻難掩她的妙曼身姿，偶爾露出星點肌膚來，那肌膚晶瑩剔透，宛若嬰兒。只是她戴著一個恐怖至極的面具，極像是後世京劇的鬼臉，只露出一對冷漠的眼眸。

她熟稔地翻身下馬，身後還有兩個好似地位與她相當的人，都是穿著寬大的黑袍，一個健碩無比，一個鬢髮皆白，和她一同下馬，朝沈傲彎了彎腰，一手搭在胸口上，用漢話道：「下族有失遠迎，還請殿下恕罪。」

沈傲的目光在鬼面的女子面前掃過，隨即又打量了另外的兩個人，這二人的身分想必也不低。

三人自我介紹一番，爲首鬼面的女子自是山訛族族長鬼智環，健碩無比的漢子名鬼山，是崎土族族長，老者叫烏善，乃是黑山族族長。

五個族長來了三個，這三個還算是恭敬的，不過但看鬼智環的態度，至多也只是個冷漠的態度，若說有什麼熱絡，卻是談不上。倒是身後那鬼山和烏善兩個態度還恭謹一點。

沈傲心下立即瞭然，這山訛族的鬼智環應當是恪守中立，而鬼山和烏善則帶了善意，至於另外兩個，連見都不肯來見，肯定是抱著敵視的心理。

沈傲翻身下馬，笑呵呵地道：「橫山江南，本王開始還不信，今日卻是見著了。」

隨即叫三人免禮，道：「三位族長辛苦，不必多禮。」

說罷，一行人穿過平原。越往這平原的深處走，人蹤就開始密集起來，偶爾還可以看到幾處村落和大群的牛馬，牧民見了這一行人，都是紛紛敬若神明一樣碎步過來行禮。只是行禮的對象不是沈傲，而是那戴著鬼面的鬼智環。

沈傲不禁偷偷打量起這鬼智環，明明是個女子，卻像是並不愛美一樣，一攏秀髮盤在頭上，並沒有過多的裝飾，戴著的鬼面，處處都帶著妖異恐怖，唯有脖頸之間露出晶瑩的膚色，宛若驕傲的天鵝一樣，脖子上戴著一個銀項圈，項圈上的紋路已經不清晰了，可是搭配在一起，卻是說不出的好看。

越是只看到冰山一角，沈傲就越有想掀開她鬼面的衝動，就像是大街上看到一個女子姣好的背影，總是忍不住想衝上前去看看她的臉一樣。

鬼智環見沈傲時不時一雙賊眼朝自己這邊看過來，一雙眼眸閃露一絲殺機，橫瞪了沈傲一眼。

沈傲被人看穿，老臉不紅，氣也不喘，哈哈一笑，打馬慢行道：「今日天氣不錯，萬里無雲，本王見了這天色，便忍不住放喉作詩。」

搖頭晃腦想搜點詩詞出來。不料全沒靈感，鬼智環低不可聞地冷哼一聲，打馬加快了速度，只留給沈傲一個背影。

沈傲討了個沒趣，倒是那烏善上前來，眼睛發亮道：「殿下要做詩嗎？我之前看了些你們南人的詩詞，殿下何不如做一首來聽聽。」

沈傲大是無語，和一個老頭子作詩，沈傲可沒有這個習慣，眼見這烏善急欲要沐化文明的期待模樣，沈傲卻不得不沉吟一下，道：

「北方有佳人，遺世而獨立，一笑傾人城，再笑傾人國。」

烏善這糟老頭子，無非是附庸風雅罷了，聽了沈傲的詩，大聲叫好，連那魁梧的鬼山也打馬跟上來，道：「世上哪有什麼傾人國的女子，我鬼山為什麼沒有遇到過？」

沈傲看了前面鬼智環的背影，淡淡道：「這樣的女子，當然不會輕易露出自己的容貌出來，否則惹得君王不早朝，豈不是罪過？」

鬼山大叫：「是了，是了，這樣的人要嘛是閉門不出，要嘛是刻意隱匿自己的容貌，殿下懂的東西真多。」

那烏善卻是個老狐狸，一聽沈傲的話，不禁看了前面戴了鬼面的鬼智環一眼，捏了捏鬍子，當做什麼也沒有聽到。

鬼智環在前面，聽到沈傲的「高論」，雙肩微微顫抖一下，眼眸中先是一陣像是被人看透一樣的迷離，接著是滿目殺機。沈傲則是得意洋洋，繼續打馬。

足足用了兩個多時辰，才橫穿了平原，遠處，一座依山而建的山寨顯露出輪廓，大寨並沒有柵欄外牆，房屋也只是隨意搭建延伸出來，可是放眼看過去，卻好像滿山遍野都是屋宇一樣。

到了山腳下，下了馬，一行人沿著小徑上山，偶爾會有一些牧民經過，他們見了鬼智環，都是屈腰行禮。沈傲覺得奇怪，便問那烏善道：

「你們這五族都是住在這裡？」

烏善道：「五族本是一家，大寨是在一起的，不過橫山之中，數百上千個村落分佈在各處，各族的村落就有分別了。」

沈傲本想問，既然是五族人都有，又為何牧民不分哪族都是向鬼智環屈腰行禮，對他們這兩個族長卻只是頷首行禮而已？不過這話卻不敢問出來，擺明了諷刺人。

沈傲穿著金燦燦的鎧甲，原以為可襯托一下自己英武的形象，全身雖然耀眼至極，再加上一張略帶風塵又英俊的臉，確實英武逼人。只是穿著這厚重的鎧甲，上山卻是一件痛苦的事，才走到一半，已經有些吃不消了。再看看其他的牧民，居然連穿皮甲的都沒有，心裡不由苦笑，還道是這些山裡人都是帶刀帶槍，渾身皮甲的，誰知和普通的牧民沒有什麼區別。

身後的校尉見攝政王吃不消，想搶步過來幫扶一下。沈傲看到鬼智環身形輕盈地走在最前面，心想，人家一個女子都能上去，本王堂堂八尺男兒怕個什麼？於是甩開校尉伸過來的手，加緊腳步，雖然氣喘吁吁，卻是咬牙忍住。

穿梭了無數的竹樓，足足走了半個時辰，到了半山腰上，眼前豁然開朗，這半山腰上恰好是一處坪壩，足足數百畝之大，四周放置了柵欄，還有幾個武士帶刀巡守，坪壩的正中，卻是十幾個高大的建築，占地也是不小，與鬱鬱蔥蔥的林木相襯，很有一番風味。

進了一處竹樓，竹樓裡陳設簡單，沒有過多裝飾，分賓而坐，沈傲貴爲攝政王，自然是坐在上首的位置，好在他習慣了陌生環境，也不覺得有什麼拘謹，細細打量了這竹樓，淡淡笑道：「夏日炎炎，住在這裡倒是舒服得很。」

烏善道：「舍中簡陋，攝政王莫怪。」

沈傲搖頭，著人添了油燈，竹室裡頓時光亮了一些，目光落在鬼智環身上，鬼智環眼神冷默，一副敷衍的樣子。

沈傲搖手道：「簡陋有簡陋的好處。」

正說著，一個婦人給沈傲斟了甜茶過來，沈傲喝了一口，這甜茶色香味都差了一些，可是對烈日下長途跋涉的人來說，卻是消暑的佳釀，他一口將甜茶喝盡，才悠悠道：「若不是國事繁忙，本王還想在這裡多住個十天半月，可惜……」

說罷，沈傲搖了搖頭，差不多要接近主題了。

身材魁梧的鬼山道：「殿下這一趟來，到底為了什麼事？」

鬼智環和烏善二人都打起精神，再沒有先前慵懶的樣子。

沈傲淡淡一笑，道：「借兵！」

烏善和鬼山對視一眼，面面相覷。鬼智環的眸光卻閃過一絲冷意，無動於衷。若不是鬼面遮住了她的面容，此刻，她的臉上露出的應該是冷笑。

沈傲正色道：「女真人叩關而擊，西夏蕃漢自當團結一心，共抗外敵，否則待那女真人喧賓奪主，莫說是國族、漢人，便是橫山五族，難道還想有容身之地嗎？」

鬼智環這時開口道：「殿下和女真人的事，和我們橫山五族有什麼干係？」

烏善連忙道：「攝政王莫怪，此事還要五族共議。」

沈傲頷首點頭，想不到剛把正事提出來就碰了釘子。隨即笑了笑，道：「既如此，你們先議一議也好。」他繼續道：「本王這一次來，給諸位帶來了一些賞賜，來人，把賞賜拿來。」

烏善好附庸風雅，自然送的是字畫，好東西沈傲不捨得，拿點不上檔次的糊弄過去也就是了。

烏善看到那字畫，中間還插著一本唐詩三百首，竟是樂不可支，捋鬚道：「謝殿下賞賜。」

鬼山好武，送的便是一柄西夏刀，這刀是精心打造而成，倒是一柄好刀。接了這黝黑通亮的刀，鬼山也是喜滋滋的，連道謝都忘了。

這五族在這裡安養生息，自給自足，生活的必需品雖不缺，可是多餘的物資卻是匱乏得很，雖然偶爾也會出山交換，可是出了山，外頭的奸商滿地走，上好的馬匹賣得的竟是騾子的價錢；偏偏奢侈品又貴得駭人，雖說國朝偶爾會頒些賞賜來，可是大多數還是米糧幾斤，再送些布帛了事。沈傲賞賜的這些東西在他們眼裡，可算彌足珍貴。

沈傲的目光落在鬼智環身上，鬼面之後的鬼智環仍是一副漠然，一雙眼眸看不出什麼表情。

沈傲淡淡一笑，起身離座道：「鬼智族長的賞賜，由本王親自頒發，以示優渥。」他走到抱著禮盒的校尉面前，動手去拆開禮盒。

鬼山和烏善都伸長脖子，想看看沈傲送給鬼智環的禮物是什麼。連鬼智環此時也免不了俗，冷漠的眼眸中閃過一絲生氣，眸光流轉，看向禮盒那邊。

沈傲從禮盒中一掏，卻是掏出了一束花來，花兒五彩十色，一朵朵怒放開來，被沈傲捧在手上，連這竹樓都不禁增添了幾分顏色。

鬼山和烏善兩個人面面相覷。整個山寨都知道，鬼智環最厭惡的便是花兒，而這攝政王竟是採了這麼多花來，這……

他們都冒出一個念頭，這一次只怕要糟，說不定……說不定……鬼智族長紅顏一怒，這後果真真不堪設想。

烏善立即咳嗽，咳得眼淚都要出來了，便是要暗示沈傲。誰知沈傲卻是不以爲意，捧著這束花一步步走向鬼智環。

鬼智環目光閃過一絲異色，厲聲道：「拿開！」

沈傲笑吟吟地繼續捧花上前。鬼智環大怒，玉手一揚，抽出腰間的短刀，刀尖對準了沈傲，卻好像是怕這花似的，又不敢欺身上前。

在鬼智環抽刀的同時，幾個校尉也毫不猶豫抽出腰間的儒刀出來，長刀一指，身子不由貼住沈傲，刀尖對準住鬼智環。誰也不曾想，原來只是送一份禮物，結果卻弄到劍拔弩張的地步。

鬼山和烏善同時道：「放下刀劍！」鬼智環猶豫了一下，將短刀插回鞘中去，校尉們才緊張地收了儒刀。這時，沈傲已經出現在鬼智環的對面，抱著花，小心翼翼地推到鬼智環胸前。

鮮花在鬼智環的胸前搖曳，散發著滲人心脾的香氣。而沈傲的目光，卻落在鬼智環的胸脯上，忍不住咽了咽口水，這時，他想起那風騷的奶娘，只可惜……沈傲心裡像是被人剜了胸口一樣，心裡想，那奶娘只怕再也見不到了。

鬼智環眼見花兒貼到自己身上，整個人不由地向後微微傾斜，再看沈傲盯著自己的敏感處，已是勃然大怒，正要發怒，卻見沈傲的臉色黯然，不像是心懷什麼鬼胎。一時癡了一下，目光放回鮮花上。

這不是真正的鮮花，而是用紙紮成的花兒，遠看和鮮花並無二致，湊近一看才發現不同。紙紮的花上染了各種顏色，鮮豔無比。花上似乎還噴上了蘭花的香水，深深一吸，更是芬芳無比，整個人都要醉了。

鬼智環愕然了一下，情不自禁地伸出手去接過了花，接花的時候，那一對纖手和沈傲的手觸碰了一下。沈傲臉上很純潔地笑著，才讓鬼智環沒有羞怯。

鬼智環深吸了口氣，低頭在花上聞了一下才道：「這個禮物，我很喜歡。」

很難得聽到她說出如此溫柔的話。沈傲淡淡一笑道：「鬼智族長喜歡便好，也不枉費本王的心意。」說罷伸了個懶腰，道：「本王乏了，不知鬼智族長要安排本王去哪裡歇息？」

烏善和鬼山兩個人看得目瞪口呆，這花兒……鬼智環竟說很喜歡?!

鬼智環淡淡道：「來人……」

鬼智環恢復了常色，手上仍然捧著花兒，一副難以割捨的樣子，道：「帶殿下去歇息，好生照顧。」

竹樓外的一個婦人進來，引著沈傲出去。

沈傲露出得意洋洋的笑容，若說送禮，天下只怕未必有誰能比得過他。之前聽到消息，說是這鬼智環不喜歡鮮花，他便心裡生出疑惑。世上有哪個女子不喜歡花兒的？便是男人，就算不喜歡，也未必會討厭，愛美之心人皆有之，鬼智環是人，又不是神仙鬼怪，當然不能免俗。

沈傲頓時想起了後世一種疾病，叫做「花粉過敏症」，這種人天生對花粉排斥，輕則生癢，重則休克。那麼許多事就可以解釋得通了，鬼智環不是不喜愛花兒，而是害怕花粉，大概是她一觸碰花朵，甚至是靠近花朵時，身上便會過敏，因而對花產生了心理上的排斥。別人不明就裡，自然當她是厭惡鮮花。

想通了這個就好辦，鬼智環不能靠近花，心裡只怕對花有一種奇特的感覺，既是不敢靠近，自然就滋生了更多的願望，希望湊近看上一眼，希望去聞一聞花香。這種願望壓抑在她的心底，卻又不能向人道明。

既然分析出了鬼智環的心思，沈傲也不含糊，在銀州時，就請了許多工匠，先是讓人用紙紮出一朵朵花來，再用最好的染料浸染，之後風乾，再噴上用花朵提煉出來的香水，如此一來，一束色香味俱全的花兒便出籠了。不管是顏色、香氣都與真花無異，又沒有花粉，豈不正好是一件對鬼智環看來最珍貴的禮物？

沈傲心裡想：「送禮，其實送的也是智商，那些動輒提了魚翅燕窩去送禮的傢伙，急需銀杏補腦才是。」

他走到門檻的時候，突然轉過身去，淡淡道：「本王差點忘了，這一趟來，除了這些禮物，還帶來了十萬貫交子，這些錢，是賞賜給五族上下的，待會兒本王會叫人送來。」

沈傲又是淡淡一笑，才消失在竹室之人的視線中。

烏善和鬼山還沒有緩過勁來，眼睛還落在花上，看到鬼智環緊緊地擁著花，都是不可置信，若是他們沒有記錯，從前詹納族族長李成曾經追求這鬼智環的時候，特意編織了一個花環送給鬼智環，結果得來的卻是一記耳光，那花環更是被踩爛在地，變得稀爛。

自此之後，誰也不敢在鬼智環面前提及花字，只是不曾想，這個古怪的現象卻是被那攝政王打破了。

鬼智環的鬼臉之後看不到任何表情，淡淡地道：「三日之後，五族族長磋商借兵事宜，我先走了。」

竹樓靠著不遠的溪水水畔，淙淙的流水像是永不停歇似地發出細微的聲音，陽光從竹樓的窗中投射進來，使得整間竹室光亮無瑕。

竹室很是清雅，牆壁上雖然懸著一柄長柄西夏劍，可是從紗幔和靠窗的梳妝鏡可以看出，這是女子的閨閣。閣中的陳設簡單，卻是整潔無比。

梳妝的銅鏡裡，出現了一張鬼臉，鬼臉的彩釉有些斑駁，顯得更是駭人，那刷了白漆的獠牙，還有那朝天的鼻孔，漆了紅底的臉色，都說不出的妖異。

唯有那一對眼洞，露出一雙清澈的眼眸，眼眸的色彩落在銅鏡裡，銅鏡裡的人看著她，她看著銅鏡。

「哎……」輕輕一聲嘆息，有些無奈，有些綿長。一隻吹彈可破的纖纖玉手伸到了鬼臉上，突然將鬼臉揭了下去。

鬼臉揭下來的剎那，整個閨閣裡暫態增添了幾分色彩，鏡中的鬼臉不見了，取而代之的，是一張略帶蒼白的臉蛋，如脂的肌膚，高聳的翹鼻，輕輕抿起的細唇，襯著一頭烏黑秀髮，銅鏡中出現的女子，清新脫俗，又帶有幾分惆悵。

她的秀眉蹙起，彷彿生來就有滿腹的心事，有一種淡淡的哀愁。

鏡中的美人兒淡淡地抿抿嘴，隨即腰肢一擺，款款起身，身子輕輕一旋，那帶著哀愁的眼眸恰恰落在了窗臺前的那束花上。這束花五顏六色，像蘭花，又像牡丹，亦或是哪樣都有，反正女子分辨不出它們的名字，只知道這種怒放的美麗，讓人說不出的喜愛。

花兒綻放出淡淡的蘭花香氣，沁人心脾，與窗臺外的涓涓流水一樣，讓整個人的心思都變得舒暢起來。

女子淡淡一笑，蹙著的眉綻放開來，這一笑，還真有幾分一笑傾城，再笑傾國的嫵媚。

「北方有佳人，遺世而獨立，一笑傾人城，再笑傾人國。」女子啓開口齒吟了一句，出神地看著花兒輕輕道：「這詩放浪了些，只是不知他說的是不是我？」

帶著這種思緒，女子又是嘆了口氣，彷彿有諸多的心事湧上來，用手微撐著下巴，整個人又是陷入深思。

一縷風兒吹過，使得香氣更濃，花兒搖曳起來，女子似是想起了什麼，連忙小心地將這束花放回屋中去，又生怕什麼時候會下起雨似的，將竹窗合上，竹室裡一下子變得昏暗起來。

女子將妝臺上的鬼面重新戴上，整個人又現出妖異的氣質，打量著鏡中的陌生人，女子的眼眸又是漠然起來。

「族長……」外面有個聲音道。

戴著鬼面的女子配上短刀，聲音無比冷漠地道：「什麼事？」

「詹納族和后土族請您過去會商。」

鬼智環只是應了一句：「告訴他們，我會去。」

山腰分為三層，五族叫它們是上坪、中坪、下坪，上坪是祭祖告天的地方，更是族長、鄉老議事的場所，尋常人不得去的。中坪則是族中地位較高的人的住所；至於下坪，則屬倉庫重地了。

中坪規模不小的一處竹樓裡，裝飾得很是華麗，就是外牆也用紅漆漆過。這種建築在五族之中自然是奢華無比，可是若被沈傲看到，多半要從牙縫裡擠出一個詞來：「鄉巴佬。」

竹樓裡，三個男人分賓坐著，正在喝著甜茶，上首的一個，穿著華服，與五族的樸素氣氛很不相襯。這人生得很是年輕，也有幾分英俊，顧盼之間，自信滿滿。

他叫李成，也是五族的族長之一。坐在他下首位置的，則是后土族族長，這人年紀不過四十上下，卻有些未老先衰，頷下是與年齡不相襯的白鬚。

最下首的一個則是漢人打扮，像個行腳的客商，臉上帶著一副討好諂媚的笑容。他喝了口甜茶，慢吞吞地道：

「鄙人聽貴寨的人說，那攝政王到了這裡，給山訛族族長鬼智環送了一束花。這倒是天下奇聞，這橫山上下，誰不知道那鬼智族長最厭惡的便是花兒，可是偏偏……」

他適可而止的停住了嘴，沒有說下去，而是繼續端起甜茶慢慢喝起來。

客商的話，引得李成的臉色大變，冷哼一聲。身爲族長，李成十分自負，那鬼智環更是他的未婚妻，早在出生時，兩家就訂好了娃娃親，可是偏偏那鬼智環卻對他態度冷淡，頗有看不起的意思。

李成本就心中焦躁，可是這一次，鬼智環竟是接受了一個外人送的鮮花，不正是當著全寨人的面，狠狠地打了他的臉？

李成的母親，好歹也是西夏的宗室，沈傲在龍興府屠戮宗室，讓李成這皇親國戚一下子落到了草雞不如的地步。原本身分光鮮，既是族長，又是宗親，誰知被那沈傲一攪和，龍興府的關係就此全部化爲烏有。因此聽到那什麼攝政王進山，李成並不去迎接，甚至連見都不願見上一面。

李成下首的后土族族長鬼橫見李成這個樣子，與那客商對視一眼，眼中都浮出笑意。

這鬼橫與南來的客商關係不錯，這一次收了客商的大筆錢財，自然要替這客商說幾句話。

他淡淡笑道：「我聽說攝政王生得英俊無比，在南人中又是學富五車的大才子，還練了一支騎軍，竟是連女真人都比不過。也難怪我大夏的公主願意嫁他。」

他深望了李成一眼，又道：「世上的女子，誰不心儀這樣既俊俏又文武雙全的英雄才子？」

客商笑道：「這個倒是，他的妻子不少，哪一個都是國色天香。」

李成拍案道：「說這些做什麼？」

鬼橫呵呵笑道：「只是提醒你，你這未婚的妻子，只怕要投入別人的懷抱了。」

眼看李成已是羞怒交加，那客商立即打圓場道：「未必，未必，這姓沈的雖是招蜂引蝶，卻也不是沒有辦法，只要讓他走不出這大山便可。」

他正色道：「一萬副馬蹄鐵，外加刀槍鎧甲各三千副，殺了姓沈的，大家各有好處。我家主人說了，沈傲一死，便是西夏要報復，大宋那兒也絕不會讓你們少了一根毫毛。」

鬼橫拍手道：「大夏每年的賞賜，都是些無用之物，哪裡比得過這位王兄弟痛快，有了這些，咱們橫山五族再組建一支騎軍，便是誰也不必怕了。」

李成聽了，卻是呆了一下，猶豫道：「這件事，還要問問環兒的意思。」

客商淡淡一笑，低頭去喝茶，鬼橫卻是皺眉道：「她收了那攝政王的花，早就心有所屬了，問她也是白問，哪有女人會殺自家情郎的。」

李成勃然大怒道：「鬼橫，你不要胡說八道！」
鬼橫卻是冷笑：「是不是胡說，待那鬼智環來了就知道。」
正在這時候，竹樓外傳出一個聲音：「知道什麼？」
門外出現一個人影，鬼智環披著一件披風，妙曼的身形恰好被這披風包裹，腰間的短刃繫在前腰上，手上戴著手箍。她步入樓中，竹樓裡所有人都安靜下來。
李成青白的臉閃出紅潤，立即站起來迎上去：「環兒。」
鬼智環淡淡地道：「表兄自重。」整個人撇開身子，讓李成伸出去的手撲了個空。
鬼橫和那客商眼中帶笑，對視了一眼，二人一起站起來，道：「鬼智族長好。」
鬼智環微微揚起的下巴只是點了點，隨即便坐在了李成的座椅上。
李成臉色有些陰沉，只好尋了個位置坐下，開門見山道：「攝政王來，只怕沒有這麼簡單吧，他是貴人，若不是遇到了難事，豈會屈尊來這裡？」
鬼智環淡淡地道：「我要說的，就是這件事。」她微微頓了頓，整個人有一種讓人不容侵犯的貴氣，繼續道：「女真人叩關而起，兵陳祁連山，危及西夏，我們也是黨項人，得要大家商量著辦。」
三人都是驚愕了一下。
李成冷笑道：「平時我們得不到他們的好處，現在有難了，就來叫我們的勇士去為他們送死嗎？再者說，那個攝政王又是個南蠻子，此人出了名的花言巧語、巧言令色……」

鬼智環斥道：「莫忘了，在這竹樓裡也有個南人。」

李成越發覺得鬼智環是袒護攝政王，怒道：「好，好，你瞧他英俊是不是？」

鬼智環的眼眸閃過一絲愕然，隨即冷然道：「你胡說什麼。」

李成站起來，一雙眼眸勾勾地盯住那妖異的鬼面，攥著拳頭道：「那我問你，你敢不敢殺他？你要證明自己的清白，就取了他的腦袋。」

鬼智環顫了顫道：「我為何要證明自己的清白？」

她的語氣有一種說不出的冷靜，甚至還略帶幾分蔑視，慢吞吞地道：「五日之後，五族商議是否出兵。其他的事，我不想說。」說罷，她站起來，冷冷地看了李成一眼，才又道：「他是橫山最尊貴的客人，是當今大夏攝政王，誰也不要再說什麼氣話。」

鬼智環緊了緊披風就要走出樓去，李成卻將她攔住，猙獰著臉道：「你是我的未婚妻，按族中的規矩，再過兩個月就是火神節，那時候是詹納族和山訛族連為一體的日子，你不要忘了！」

鬼智環呆了一下，淡淡道：「我不會忘記。」

李成最受不了的，就是鬼智環的那種冷漠，他還想再說些什麼，鬼智環已經從他身邊繞過去，徐徐走了。

李成目光幽幽，失魂落魄地道：「殺了攝政王！在部族會商之前。」

第九十四章 貓戲老鼠

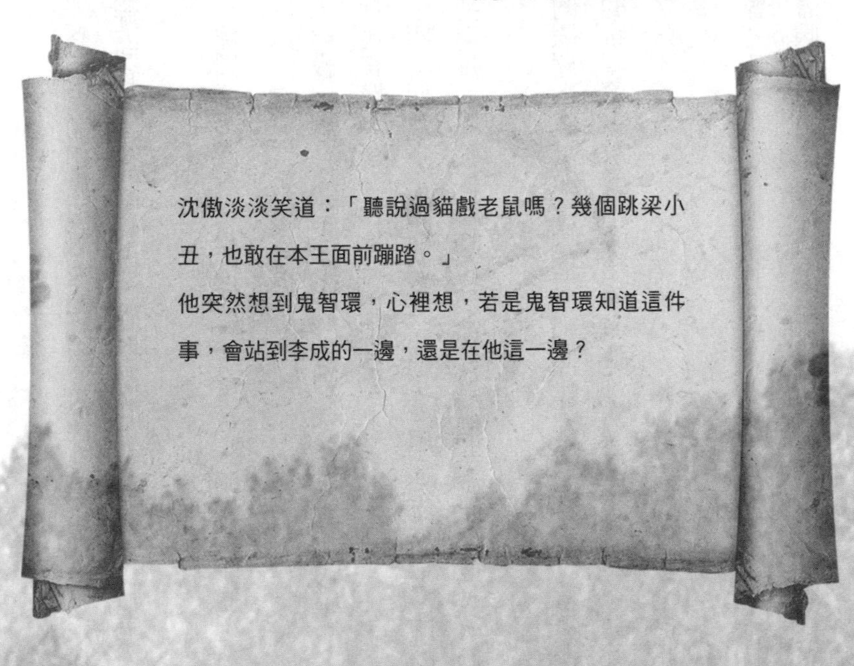

沈傲淡淡笑道：「聽說過貓戲老鼠嗎？幾個跳梁小丑，也敢在本王面前蹦踏。」

他突然想到鬼智環，心裡想，若是鬼智環知道這件事，會站到李成的一邊，還是在他這一邊？

鬼智環從竹樓裡出來，整個人猶如失魂落魄的幽靈一樣，這時天色已經晚了，萬道霞光閃露出來，她的鬼臉旋向身後漆紅的竹樓，直愣愣的呆了一下，眼中閃過一絲無奈，隨即繼續朝前走去。

從中坪到上坪要經過一處階梯，此處爲禁地，除了族長、鄉老才能通行，鬼智環蓮步上了石階。

石階一共是一百三十四級，每一次走時，她心裡都在默默的數著，彷彿數到一百三十四的時候，會有什麼奇蹟發生一樣。

她心裡默念著一百三十四這個數字，眼前變得開闊，在平地上孤零零的矗立著一處樓宇，這座樓宇兩邊有火把燃燒，不管什麼時候，都會有鄉老添置火把，所以就是在黑夜，這裡仍然是光亮的。

鬼智環的鬼臉在火光的照耀下，更顯得恐怖。她仰起臉來，看著天穹黯淡的星辰，露出雪白的頸脖，頸脖上的銀項圈，散發出柔和的光暈。

「咦，天上有錢撿嗎？」不遠處，一個搖著扇子、穿著夏衫的傢伙也抬起頭，望向漆黑的天穹。

鬼智環呆了一下，借著火光，看到搖著扇子仰著頭的傢伙正是沈傲，一雙財迷一樣的眼睛在天空中逡巡，側著臉，只看到高挺的鼻尖對著星空，如墨的長眉只露出星點。

鬼智環微微一怒，按住腰間的短刀，道：「你爲什麼來這裡？」

沈傲的目光停在天上一顆最大的星星上，淡淡笑道：「夏日炎炎，蚊蟲滋擾，無心睡眠，看這裡清靜，所以來走一走。」

這個理由說出來，連沈傲自己都覺得理直氣壯，這地方什麼都好，就是蚊子太多，野蚊子的戰鬥力又是強悍無比，沈傲只有落荒而逃的命。

鬼智環的鬼臉看不到表情，卻更是漠然，冷然道：「這裡是五族禁地，你難道不知道？」

沈傲噢了一聲，苦笑道：「我哪裡知道？我是一個外人，除了是攝政王，還是一個讀書人，不知者不怪嘛。」

他刻意將「讀書人」三個字咬得很重，雖然心裡時常鄙視這三個字，可是在這個時代，卻是無往不利的，彷彿讀書人天生就該享有特殊的權利一樣。

鬼智環聲音冰冷地道：「那你現在知道了？」

沈傲驚訝地看著她的鬼臉，整個人恐怖地道：「知道什麼？我什麼都不知道，放心，今天夜裡的事，天知地知，我這個人守口如瓶，絕不會向人說的。」

他說得很真摯，爲了證明自己品格高尚，不自覺地挺起了胸脯。

鬼智環原本是想讓他知道規矩，立即下山，誰知沈傲竟是誤會成另一個意思，一雙美眸閃爍不定，彷彿要看透沈傲，好知道沈傲是否刻意會錯了意。

沈傲被鬼智環盯著，頭皮有些發麻，被這麼一個鬼面看著，又是晚上，四下無人的，有天大的膽子也覺得陰氣深深。他打了個哈哈道：

「不就是叫我走嗎？好吧，那我這就下去，鬼智族長一個人待在這裡怕不怕？若是怕就大叫一聲，我就守在坪下。聽到你叫就上來救你。」

他不敢去看鬼智環，搖著扇子要走。

鬼智環見沈傲這個姿態，卻是略帶幾分酸意，冷聲道：「不必了，這個時候，該有鄉老上來換火，若是撞見，只怕你也說不清楚。」

沈傲苦笑道：「可是我想下坪，我是讀書人，讀書人這個時候該要睡覺了。」擺明了要逃之夭夭的樣子。

這句話卻像是觸到了鬼智環的逆鱗，鬼智環抽出腰間的短刀，整個人猶如鬼魅一樣，手上的短刀在火光中劃了個半弧，刀尖指住沈傲的咽喉：「你想上來就上來，想下去就下去嗎？」

沈傲無語，這是什麼人？動不動就動刀動槍，大家講道理嘛。

刀尖距離還很遠，沈傲立即道：「鬼智族長，本王送你的鮮花，你喜歡嗎？」

鬼智環呆了呆，殺機騰騰的眼眸頓時增添了幾分溫柔，垂下手，將短刀插回鞘中道：「嗯。」

沈傲鬆了口氣，玩弄著手上的扇子，正要說話，山下卻傳出腳步聲，像是有人拾級上山。

沈傲縮縮脖子，不禁道：「還真有人上山了。」

鬼智環向大殿走去，冰冷地道：「隨我來。」

沈傲不由跟上去，大殿裡像是許久沒人來一樣，積了不少灰塵，殿的正上方是一個雕像，雕像手中持著一柄長刀，凶神惡煞的樣子，油燈冉冉，光線昏黃，說不出的詭異。

鬼智環虔誠地朝雕像合掌行了個禮，淡淡地道：「這裡不會有人來。」

沈傲看著油燈，道：「那誰來添燈油？」

鬼智環道：「鄉老。」

沈傲放心了，隨即打了個冷戰，道：「可是我是讀書人，這裡陰沉沉的。」言外之意，他有些害怕了。

鬼智環冷哼一聲道：「我都不怕，你怕什麼？」

沈傲理直氣壯地道：「你當然不怕，你戴著面具，看到的是一個英俊的書生，我看的卻是面具，入目的是一張鬼臉。」

鬼智環漠然地道：「那你就不要看。」

沈傲將臉別過去，又道：「可是還是怕，我再重申一遍，我是讀書人。」

鬼智環不去理他，從不遠的香案上取了些燈油，添在油燈裡，慢慢地道：「我最恨讀書人。」

沈傲嚇了一跳，道：「讀書人手無縛雞之力，既單純又可愛，你恨他們做什麼?」

鬼智環的鬼面之後不禁莞爾了一下，道：「因為你是讀書人。」

沈傲無言，心中一動，道：「鬼智族長，你能不能把面具揭開來，不要誤會，我只是不願意看到這鬼面而已。」

鬼智環道：「不行。」

冰冷冷的拒絕，沈傲嘆了口氣，道：「紅顏禍水這個我知道。」

鬼智環道：「不要胡說。」

沈傲繼續道：「人長得漂亮，就怕被人看見，這個我也知道。」

鬼智環怒道：「再多說就滾出去。」

沈傲幽幽地道：「後宮佳麗無顏色，從此君王不早朝，這個我也知道。」

鬼智環不再理他。

沈傲搖搖頭，看到那供案上居然還有紙幣，不由地問道：「為什麼這裡會有這個？」隨即看到不遠處有許多神符，心裡頓時了然，原來是用來鬼畫符的。

沈傲走過去，揭開一張草紙，這紙的成色很差。磨了墨，提起毛筆，筆尖落在紙上，浸水的紙就有些糊了。

沈傲拋了筆，興致全無，又去看那雕塑，呆了一下，看到雕塑的脖間有一道痕跡，應當是雕塑佩戴了某種東西，可是不知什麼時候被人取了下去。他不禁道：「雕塑的掛飾去了哪裡？」

鬼智環看向雕塑，道：「那是五族的重寶，可惜失竊了。」

沈傲不禁道：「連這種不值錢的東西都偷，這盜賊真是該死。」

鬼智環道：「誰說不值錢，這東西，比西夏的虎符還要珍貴。」

沈傲眼珠子一轉，道：「這是一條銀項圈？」

鬼智環驚愕地道：「你怎麼知道？」

沈傲呵呵一笑，看到雕塑上的痕跡，道：「你們黨項人就喜歡這個，不過，一個凶神惡煞的男人戴著銀項圈，還真……咳咳……」

他生怕鬼智環生氣，轉了一副口吻道：「拿了這個銀項圈，就可以號令五族？」心裡想，這東西可比武林盟主的權杖要珍貴多了。

鬼智環淡淡地道：「是，現在它落在李成的手裡。」

沈傲聽說過李成，便道：「這傢伙既然偷了重寶，你們爲什麼不奪回來？」

鬼智環搖頭道：「不是他偷的。」

沈微愕然。

鬼智環解釋道：「這寶物三十年前就失竊了。」

沈傲哈哈一笑道：「那肯定是他爹偷的，這種事我很有心得。」

鬼智環繼續搖頭：「他爹那個時候去了龍興府。」

沈傲道：「那就是他爹指使人偷的。」

鬼智環冷冷道：「你對李成很有成見？」

沈傲心裡卻在想，這下似乎有點麻煩，東西在那李成手裡，李成和自己又有前仇，這兵只怕借不到了。於是黯然地搖搖頭道：「我恨李成。」

鬼智環呆了一下，卻幽幽地吐了口氣：「我也討厭他。」

沈傲眼睛一亮，道：「想不到我們這般投契，連喜好都一樣。」

這時候，外面傳出聲音，正是鄉老上來換火了。鬼智環低聲道：「不要說話。」

沈傲湊上去低聲道：「那我再問你一遍，你爲什麼天天要戴著一副面具？」

鬼智環抿著嘴，並不說話。

沈傲伸過手去，想要去揭開鬼智環臉上的面具。鬼智環的手不禁摸向短刀，短刀抽出，寒芒陣陣，正好抵住了沈傲的胸口。

「不要過來。」

沈傲嘻嘻笑道：「你要是刺我，我就放開喉嚨大叫。」

鬼智環的短刃向前送了一分。她第一次離一個男子這麼近，已經有些慌了，平時在寨中，族人對她奉若神明，哪裡敢有什麼逾越之舉？

沈傲厚顏無恥地道：「我叫了。」

正是這個時候，沈傲的手飛快地揭開鬼智環的面具，鬼智環一慌神，短刃一橫，恰好在沈傲的手上劃了一道，淋漓的鮮血立即噴出來，沈傲低呼一聲，立即向後退開一步。

鬼智環嚇了一跳，面具和手上的短刃不禁掉落，道：「你……你為什麼不躲？」

沈傲咬牙切齒地看著手上的傷口，低聲道：「連讀書人都刺，簡直就是喪心病狂。」

鬼智環上前一步，蹲下身子，輕輕扶起沈傲的手，見傷口並沒見骨，不禁鬆了口氣，道：「誰叫你這麼壞。」

沈傲得意非凡地笑道：「攝政王本來就壞，鬼智族長居然第一次聽到？」眼睛抬起時，恰好看到油燈下的一張絕美姿容，那小巧的鼻尖，嫵媚的眉眼，恰到好處的臉蛋，沈傲不禁道：「完了，本王不能早朝了。」

鬼智環俯下身去，帶著幾分愧疚，給沈傲簡單地包紮了一下，卻不防沈傲的目光肆無忌憚地在她身上逡巡，臉上不由染上一層紅暈，語氣冰冷地道：「看什麼？」

鬼智環站起來，整個人向後退了一步。

沈傲正色道：「我當然要看，不但要看，而且還要永遠記住。」

如此露骨的情話，更是令鬼智環有些承受不起，她習慣了冷漠和寂寞，心裡暗暗生出警惕，冷聲道：「你記住我做什麼？」

沈傲揚了揚包紮起來的手，咬牙切齒地道：「你刺傷了我的手，而我恰好又是一個睚眥必報的讀書人，當然要記住你的樣子，將來好報仇雪恥。」

鬼智環呆了一下，心裡莫名地略帶幾分失落，眼眸隨即恢復冰冷，道：「好，那你記住我。」

沈傲湊近一步道：「不許動，我要記住你了。」他一雙眼睛很富有侵略性，時而落在她的腰肢，時而移向她的胸脯，最後又落在她的臉上。

鬼智環彎腰拾起鬼面，戴在臉上，淡淡地道：「記住了嗎？」

沈傲伸了個懶腰，外面那換火把的鄉老像是已經下山了，笑道：「記住了，回去再把它畫出來，這樣就永遠都不會忘記了。不過……」他皺起眉頭，像是爲難的樣子。

鬼智環恢復了冰冷，彷彿隔了鬼面，整個人都與這世界隔絕了一樣，冷冷地道：「不過什麼？」

沈傲嘻嘻笑道：「不過要是畫了出來，到時候若是被妻子們瞧見，肯定要嚴刑逼供了，本王是個潔身自好的讀書人，不能因此壞了自己的名聲，不如這畫便送給你吧。」

鬼智環冰冷地道：「鄉老已經走了，你也快走吧。」

沈傲只當她是默認了，狠狠地看了她的胸脯一眼，心裡想，做人要厚道，我是個讀書人，不可看，不可看，以後再也不看了。

沈傲搖著扇子，灰溜溜地走了。只是那張絕色的容顏，還記在他的腦海裡。沈傲飛快地回到自己的竹樓，此時夜深人靜，萬物似乎都沉睡過去，他叫了個校尉拿了紙筆來，揮毫潑墨，只用了半個時辰，一幅仕女圖就畫出來了。

只是畫中的女子，並不是那樣的冰山美人，而是踏步在群花綻放之中，甜甜的微笑，媚態十足，沈傲看著畫，人也不由地癡了。

沈傲吹乾了畫，將它懸在牆上，胡思亂想了一下，也是真的睏了，倒頭便睡。

一覺醒來，落入眼簾的仍是這幅美妙動人的畫，沈傲搖搖頭，叫人拿了溫水來洗漱一番，心想，這個鬼智環，好像會勾人魂魄一樣，老婆大人們遠在天邊，這不是勾引本王犯罪嗎？她對我是不是有意思？否則她冷冰冰的樣子，怎麼肯和我說這麼多話？

如此一想，心裡就坦然了，打起精神，沈傲叫門外的校尉道：「來人，走，隨本王送畫去。」將牆上懸著的畫揭下來捲起，夾在腋下出了門。

清早的山寨顯得格外的靜謐，偶爾有幾聲蟲叫，沿著溪水過去，那溪水留下無數漣漪，晨日當空，連樹葉都沾染了幾分春意。

沈傲輕車熟路，到了鬼智環的竹樓外邊，厚著臉皮大叫：「鬼智族長，鬼智族長。」

竹樓裡，坐在梳妝鏡前的鬼智環不由氣結，她戴上面具，卻是動也不動。

沈傲不肯放棄，聲音更大：「鬼智族長，鬼智族長。」惹得附近幾個竹樓都探出腦袋來，卻也無人去干涉。倒是有一個漢子見了，目光閃爍了一下，朝遠處李成的竹樓過去。

沈傲看到了窗臺上的紙花，心裡不由大喜，想，這鬼智丫頭也不是全然無情，這花兒不是還留著嗎？於是叫鬼智環的聲音就更大了。

鬼智環氣得哆嗦，這般一叫，山寨裡誰知會傳出什麼八卦？更何況她和李成……她咬咬唇，走到窗臺前，恰好看到沈傲神情曖昧地看著窗臺上的紙花。

等沈傲見了她，高聲道：「鬼智族長，昨夜不是說好了給你送……」

他話說到一半，鬼智環鬼臉之後的臉更是色變，昨夜……只這個詞就足以令人遐想了，她是被族人奉若神明的族長，是五族之首，她咬咬銀牙，一下將裝在瓶中的花兒推下窗去，花瓶連同那五彩斑斕的花兒一同摔落。

但是下一秒，鬼智環就不禁有些後悔了，不自覺地伸手去撈，卻是撲了個空。竹樓下砰的一聲，那花瓶摔成了粉碎。鬼智環突然苦笑，爲何自己會這樣的激動？平時那個永遠冷靜的鬼智環去了哪裡？

沈傲看到花瓶砸落下來，呆了一下，等到花瓶摔成數瓣，才縮了縮脖子，立即衝過去將花兒拾起，口裡大叫：「鬼智小姐怎麼能隨便亂扔垃圾？砸傷了小朋友怎麼辦？就算是砸到了花花草草，那也是罪過。」

鬼智環好不容易鎮定下來的心緒又攪動起來，叫了一聲：「快走。」便重重地將窗子砰地合上，倚在窗上。

她的胸脯起伏了幾下，就像是兒時的自己做了什麼驚天動地的事一樣，那份悸動還停留在心澗深處。她撫了撫胸，卻沒有料到她這動作竟有幾分嫵媚動人，和從前的自己全然不一樣。

「以後……再也不要見他了。」鬼智環恨恨地想著。那紙花在她的心裡，就如那個人一樣，都不過是個過客。

鬼智環站起來，從牆上解下那柄懸掛著的西夏長刀，長刀入手，整個人變得冰冷起來，輕輕一拉，抽出刀身，寒芒閃閃。可是這時候，她又猶豫了一下，走到窗臺前，透過窗縫向外看去，卻發現樓下的那個人已經走了。她的心裡忽然生出些許的失落，酸酸的，揮之不去，逐之不散。

沈傲懊惱地回到自己的竹樓去，叫人拿了個瓶子，將撿來的紙花放進去，又拿了畫懸在牆上。

他這人一向厚顏無恥，吃了一次閉門羹，倒是沒見他有什麼心理陰影，叉著腰打量著畫，捲起袖子道：「好畫，好畫，人好，畫師畫得也好，絕世佳人配上頂級畫師，嘖嘖……」

這時有個校尉進來，抬頭看到牆壁上的畫，道：「王爺，這是誰？」

沈傲攬他到牆下，笑嘻嘻地道：「這個人做王妃好不好？」

校尉拼命咳嗽：「王爺，龍興府和汴京那邊怎麼交代？」

沈傲正色道：「有什麼好交代的？本王是讀書人……」不過，話中的語氣有一點氣弱，連他自己都覺得頭痛。可是再看這畫中的女子，立即又變得氣足起來，道：「讀書人的事你不懂。」

校尉還真是不懂，訕訕地笑了笑，隨即正色道：「外頭有人要見王爺。」

沈傲道：「是誰？」

「不知道，是個漢人。」

「漢人……」沈傲眼眸閃爍了一下，冷靜下來，道：「叫他進來。」

過不多時，便有個魁梧的漢子進來，身上穿著黨項人的黑袍，刻意戴了帽子，遮住了半邊臉，一見到沈傲，立即納頭便拜：「小人見過平西王。」

沈傲坐定，猜測他的來意，他叫自己平西王，那麼可以斷定，這人一定是不久前從大宋來的。微微一笑，揚起手道：「起來說話，你叫什麼名字，為什麼來見本王？」

這漢子卻是不肯起來，道：「小人叫梁武，給一些大戶人家做護衛，一直在三邊討生活。此次跟了一個懷州的商人。」

沈傲聽到懷州二字，立即打起精神：「懷州商人到這裡來做什麼？」

「販賣兵器！橫山最缺的就是鐵器，又出產皮毛和駿馬，拿鐵器和他們交換，往往能獲得巨利。小人其實是蘇杭人，家境頗為寬裕。後來朝廷興起花石綱，當地官員與那供奉局狼狽為奸，看中了小人家的一樣傳家寶貝，我爹不肯，結果給狗官以抗旨的罪名拿辦，滿門都被拿了去。」

他說到這裡，聲音有些哽咽，繼續道：「小人孤身逃出來，天下之大無處容身，只好到三邊這兒來討生活。若不是王爺徹查花石綱，小人只怕現在還是流犯。」

頓了一下，梁武才又道：「這一趟，小人是來報恩的。」

沈傲叫人搬了個凳子來，請梁武坐下，「你慢慢說。」

梁武拘謹地欠身道：「小人在三邊因為無牽無掛，再加上肯拼命，便被一個富戶雇了去，據說那富戶的身後是個侯爺，三邊到處都是那人的生意。這一趟隨他們出關，卻是直接來了橫山，說是要殺平西王，那富戶對小人頗為信重，因此昨夜和小人約定，說是今日夜裡就行動，除了小人帶著的五十多個護衛，還有兩個族的人願意出動一百五十人，行刺王爺。」

沈傲不由地吸了口氣，刺殺的事，沈傲不是沒有防備，事實上，他一聽到懷州來人，就生出了警惕。不過他帶來的幾十個校尉，也都是以一當十的精銳，兩百人想要衝殺進來，也沒這麼容易。只是有了防備是一回事，沒有防備又是另外一回事。

沈傲看了梁武一眼，道：「若真是如此，這搭救之恩，本王來日必然重謝。」

梁武立即擺手道：「王爺客氣，小人當不起。」

沈傲心中一動，道：「本王倒是想請梁兄弟幫個忙。」

梁武拱手道：「請王爺示下。」

將梁武送出去，幾個校尉聚攏過來，方才梁武的話，他們在外頭也聽到了隻言片語，其中一個校尉道：「王爺，要不要先下手？」

沈傲淡淡笑道：「聽說過貓戲老鼠嗎？幾個跳梁小丑，也敢在本王面前蹦踏。」他突然想到鬼智環，心裡想，若是鬼智環知道這件事，會站到李成的一邊，還是在他這一邊？

正想得出神，一旁的校尉見沈傲賊兮兮的樣子，也不敢打擾他的思緒。

沈傲突然搖搖手道：「走，隨我到寨子裡轉一轉。」

帶著幾十個校尉浩浩蕩蕩，頗有紈褲子弟的氣勢，在中坪轉了一圈，正好看到那刷著朱漆的竹樓，沈傲不由道：「這是哪個鄉巴佬住的地方？」

校尉們對這裡也查探清楚了，一個道：「說是什麼族的族長李成的。」

「就是他了。」沈傲收起扇子遙指竹樓道：「走，隨本王去拜會這李什麼成。」

第九十五章 雪上加霜

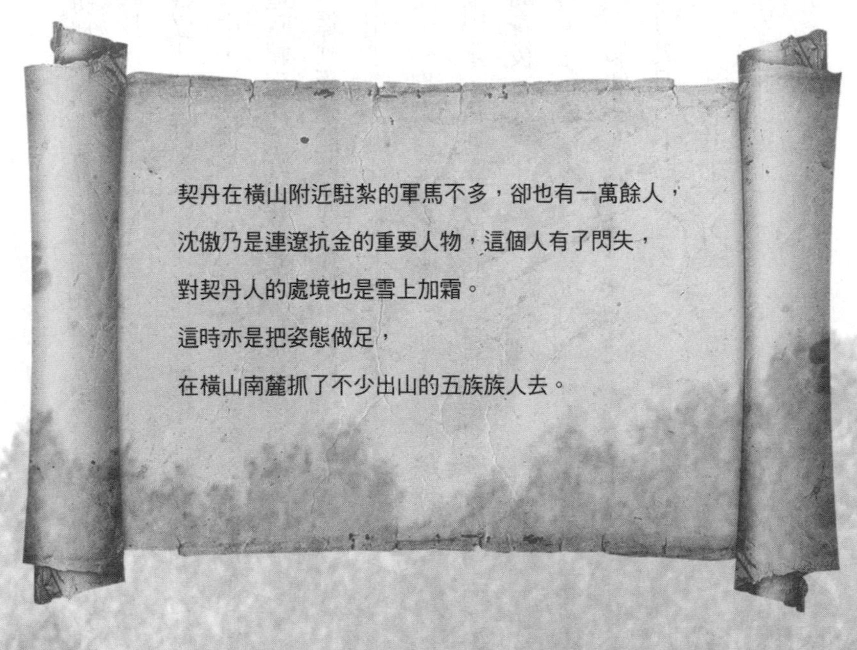

契丹在橫山附近駐紮的軍馬不多，卻也有一萬餘人，
沈傲乃是連遼抗金的重要人物，這個人有了閃失，
對契丹人的處境也是雪上加霜。
這時亦是把姿態做足，
在橫山南麓抓了不少出山的五族族人去。

漆紅竹樓裡，李成正與那客商說著話，聽到外頭喧鬧一片，那客商聽到沈傲的聲音，臉色一變，道：「李族長，攝政王來了。」

李成冷哼一聲，今早沈傲去見鬼智環的事，他已經知道，那沈傲胡說什麼昨夜約定之類的話，也落入李成的耳中，如今整個山寨議論紛紛，雖然不敢褻瀆鬼智環，可是李成心裡卻更加不是滋味。這時聽到沈傲就在外面，立時長身而起，道：

「怕什麼，出去看看，這裡不是龍興府，還輪不到他顯威風。」

李成帶著那客商從樓中出來，正與沈傲等人撞了個滿懷。沈傲脾氣大，也沒看清來人，便給了那客商一個耳光：「狗東西，瞎了眼嗎？連本王都敢撞！」

客商沒頭沒腦的挨了一巴掌，捂著腮幫子痛叫一聲，抬頭一看，不是沈傲是誰？立即身子一縮，躲到了李成的身後。

李成腰上佩著一柄短刀，見有人行凶，正要拔刀出來，手還沒有搭到刀柄上，沈傲身後的校尉便已紛紛拔刀，一個個不客氣地道：

「大膽！敢在攝政王面前拔刀，不怕死嗎？」

沈傲二話不說，揚起手，一巴掌甩在李成臉上，道：

「你是什麼東西？敢在本王面前拔刀？」

李成想不到自己也挨了一個耳光，頓時大怒，舉拳要打，沈傲反應快，抬腿一腳往他下身踹去。

李成向後一倒，躲在他身後的客商立即扶住他，可是方才沈傲那一下，卻是用力之極，他先是後仰，被扶起之後，立即捂著下身，額頭上流出冷汗。

沈傲卻是得理不饒人，又是一腳踹在他的肩口上，口裡還道：「本王最討厭有人光天化日之下撫摸下體，你當你是西門慶嗎？要流氓竟要到了本王頭上。」

李成口不能言，被沈傲一踹，身子向後倒，在地上嗷嗷叫。

那客商見了，嚇得連動都不敢動，忙道：「別打，別打，這是李成李族長！」

「管他什麼族長，族長就可以放浪形骸？可以撫弄下體？這是什麼道理？王子犯法還和庶民同罪，他是什麼東西！」說著狠狠地又踹了他幾腳，這才甘休，拍了拍手，道：「他叫什麼？」

那客商渾身是汗地道：「小人方才說了，是族長李成。」

「李成？」沈傲啊呀一聲，要去將李成扶起來，道：「哈哈，大水沖了龍王廟，原來是自家人，李族長，來，來，來，你也老大不小了，在地上滾啊滾的，被人瞧見了成什麼體統？本王正有話要和你說，給你送禮來的。」

李成整個人像是抽搐了一樣，疼得厲害，沈傲這一拉，反而痛感加劇，尤其是下身處，更是像要爆裂一樣，連動彈都不敢動彈一下。

「沈傲狗賊，我要將你碎屍萬段！」李成爆喝一聲。

沈傲聽到李成的威脅，臉色一變，手鬆開，那李成又是重重摔下去，嗷嗷大叫一聲，欲哭無淚。

沈傲冷聲道：「給臉不要臉，小小一個酋長，也敢口出狂言。」說罷，朝地上的李成吐了一口吐沫，惡狠狠地道：「我們走！原本是想給他送禮物的，誰知這東西不識抬舉。」說罷，帶著一干校尉揚長而去。

等離遠了，一個校尉忐忑不安地道：「王爺，此人畢竟是詹納族族長，這般折辱他，會不會引來寨中人的仇視？」

沈傲笑道：「對朋友，像是烏善、鬼山這樣的，自然是要溫柔。對這種敵人，不必有什麼顧忌！」

「怕就怕那人……」

沈傲又是淡淡一笑道：「不必怕，今夜他們就要刺殺本王，這個時候，他們不會節外生枝。」他停住腳，看著這囉嗦的校尉，道：「你當本王是傻子嗎？沒有把握的事怎麼會去做？這一次打了他，他便是打落了門牙也得往肚子裡咽！」

那李成足足在地上滾了一炷香時間，疼痛才緩解了幾分，幾十個族人圍攏過來，也不知道發生了什麼事，將李成扶起。

李成咬牙切齒地對一旁打著哆嗦的客商道：「召集人手，我不殺他，誓不為人，去，快去！」

客商卻只是小心翼翼地將他扶入竹樓，摒退了那些族人，輕聲道：「李族長，小心隔牆有耳！」

李成仍是疼痛難當，手搭在一方小几上，不斷地顫抖，惡狠狠地道：「什麼隔牆有耳，我要殺那狗賊，難道還怕個什麼？」

客商不敢靠近他，勸慰道：「李族長現在帶人過去，那攝政王身邊也有數十個侍衛，若是相持不下，其他各族的人手又都趕到，尤其是那鬼山，還有烏善，他們一族人心裡本就是向著那姓沈的，到時候僵持起來，不但前功盡棄，還打草驚蛇，李族長無論如何也要忍耐一下，等到了夜裡，突襲殺過去，趁著所有人沒有緩過勁來，取了那姓沈的人頭。其他的人見人已經死了，也就沒什麼可說了。」

李成只顧著下身的疼痛，客商的話只聽進去了一半，焦躁不安地道：「好，好，你先滾出去！」

客商生怕遭了池魚之殃，連忙躡手躡腳地走了。

豆大的汗珠落在李成的身上，他緊緊地攥著拳頭，整個人如觸電一樣，褪了褲子，褲頭上，一灘殷紅的血濕答答地流下來。

到了傍晚時分，天空漸漸被烏雲籠罩，最後一道夕陽被烏雲遮蔽，安寧的山寨漸漸灰暗下去。牧民們眼看變了天，立即趕了牲畜回圈，及早回到山寨。炊煙冉冉升起在碎石的山道上，偶爾幾個頑童相互嬉戲，等到大雨傾盆而下，這些頑皮的孩童立即被爹娘拿著馬鞭趕回竹樓去。

大雨說下就下，先是狂風飛捲，吹得教人睜不開眼睛，再之後便是嘩啦啦的一聲，天上地上都濕成了一片。那竹樓的屋簷猶如是水簾洞前的瀑布，雨水滴答而下，在屋前留下一灘灘水窪。

這時節的雨，來得快，去得也快，兩個時辰不到，大雨便停了，烏雲散去，露出天上星辰，雨後的夜空雖仍是漆黑，可是星月卻格外的明亮。

竹樓裡，竹窗輕輕推開，屋內的燭光霎時透射出來，窗臺上還殘留著水漬，竹窗一推，便嘩啦啦的往樓下流淌。

星月與燭火相互輝映，一個人揭開了臉上的鬼面，佇立在窗邊，一雙星亮的眼眸閃動著寶石一樣的光輝，嘴邊卻殘留著幾分無奈，窗臺上已不見紙花。

鬼智環方才從夢中醒來，聽到淅瀝的大雨聲，立即從榻上起來，赤足準備要去搶救花兒。可是當她推開窗，才想起花兒早已被自己推下，心裡似乎少了一樣東西，空落落的。

她想，此刻，他不會再去那裡避暑了吧？嘆了口氣，又將鬼面戴上。

而這個時候，在靠近中坪的一處小山坳裡，一個個黑影開始集結，所有人都儘量不發出任何聲音，雨過之後，地上泥濘不堪，林木之中還殘存著水漬，將這些人的衣物都打濕了。

有人背著一個人過來，背上背的，正是李成。

李成受了重傷，本是不該來的，可是一想到那個人，李成就恨得牙癢癢，忍著劇痛叫人將他背來。他要親眼看到那個白日裡對他動粗的人倒在血泊裡，甚至他已經預想到在這人臨死之前，自己要用什麼惡毒的話去凌辱他。

攝政王又如何？橫山是他李成的天下，殺了這沈傲，再娶了鬼智環，他李成便是自立爲王，也無人可擋。

李成被安置在一塊大石上，幾個人湊到他身邊，他看到一個人，不由低聲道：「這人是誰？」

這人身材魁梧，一看就不像是黨項人，也沒有戴黨項人的項圈，李成當然不認得。

這時，那白日與李成說話的客商撥開人群過來，低聲道：「李族長，這是小人的護衛頭領，叫梁武，這人懂槍棒，手底下也有不少肯出力的兄弟。」

梁武適時地朝李成抱手道：「小人見過族長。」

這種恭謹的態度，讓李成的怒氣緩和了一些，頷首點頭道：「那就動手吧，時間不多，立即衝過去，但凡有人阻擋的，立即殺了。還有那個沈傲，一定要提他的頭來見我。」

黑夜中，無數個人影從叢林中冒出來，輕而易舉地衝到一處竹樓。

令這些人沒有想到的是，一路過去，竟是暢通無阻，竹樓附近竟是一個人都沒有。

「怎麼回事？」許多人生出不祥的預感，一切都太反常，令人不得不提心吊膽。

爲首的一個李成心腹衝上樓去，一腳將木門踹開，門劇烈的搖晃，門洞黑黝黝一片。

有人舉了火把進來，發現這裡已是人去樓空。所有人面面相覷，一腔煞氣立時全部化爲烏有，有人不甘心地進去掀開床鋪查看，仍是一無所獲。

李成帶著幾個人過來，低吼道：「人呢？」

「只怕是走漏了消息，人已經逃了。」

李成臉色陰沉，怒道：「傍晚下雨之前人還在，幾十個人，豈能說走就走？」

那客商排眾而出，道：「這麼大的雨，要逃也未必逃得脫。雨停之後，許多人還沒有入睡，若是他們那個時候走，早就被人瞧見了。」他眸光閃動，一字一句地道：「唯一的可能，就是在不久之前逃的，他們對這裡的路徑不熟，逃不了多遠。」

李成聽了，點點頭道：「分頭去追，剛剛下了雨，有人走動，就一定會有腳印。順著腳印去找，不要讓他們走脫了。」他深吸了口氣，若是真的讓他逃了，今日的一箭之仇，豈不是永遠都別想報了？

眾人聽了李成的話，各自帶著人馬，打起火把，分頭朝著不同方向追去。

李成和那客商還留在這竹樓裡，外頭則有幾個族人看守。他們這般大張旗鼓，早已驚動了許多人，一盞盞燈亮起來，發現了異動，許多人朝這裡過來。

烏善和鬼山二人走得最急，一進竹樓，二人不禁臉色發白。

鬼山最衝動，惡狠狠地向李成道：「攝政王呢？」

李成此時已恢復了冷靜，淡淡一笑道：「你問我，我問誰去？」

烏善鐵青著臉道：「李成，你太放肆了！」

李成卻是對他們不予理會。這二人在李成看來都不足為患，全然沒將他們放在眼裡。

這時，戴著鬼面的鬼智環蓮步進來，她的手上拿著一柄西夏長劍，鬼面上看不到任何表情，可是那一雙漠然的眼眸卻是微微顫動了一下，慢吞吞地道：「出了什麼事？」

李成上前道：「沒什麼事，只是發現攝政王突然走了。」

他想走近幾步去示好，誰知鬼智環卻是後退一步，全然不去理會他，鬼智環的目光落在牆壁上的一幅畫上，畫裡是一個美麗的女子，赤足踏在千萬朵鮮花之中，正追逐著一隻五彩斑斕的蝴蝶，女子快樂極了，手微微前伸，好像只差一個指尖就可觸及到那展翅飛翔的蝴蝶。

女子身體微微前傾，忘其所以的樣子躍然紙上，嘴角勾勒出甜美的笑容，尤其是那一雙眼眸，竟是出奇的動人。鬼智環不禁雙肩顫抖了一下，整個人癡了，一雙眸子落在畫上，呆立不動。

這個人是她，卻又不是她，雖有著和她一樣的面容，可是那甜美的笑容，那不顧一切的表情，她卻從未去嘗試體驗過。

她的目光往下移，桌几上，放著一個嶄新的花瓶，花瓶中插著破碎的紙花，紙花的顏色已經褪去，無精打采地沿著瓶口歪斜垂下，那懾人的芬芳不再，只留下最後一抹美麗。

物是人非，可是人去了哪裡？

她的眼眸裡不知怎麼了，竟是升騰起一絲水霧，她忍不住情緒失控地道：「人呢？人在哪裡？」

她的聲音刻意地壓制，卻仍不免讓人感覺到歇斯底里。李成不禁嚇得後退一步，道：「已經走了。」

鬼智環瞪了他一眼，冰冷冷地道：「你為什麼在這裡，為什麼有人打著火把出寨？」李成無言以對。

鬼智環冷笑，面具之下，竟有溫熱的液體悄悄流淌出來，可是在外人看來，並沒有什麼異樣。她緩緩按住了腰間的長劍劍柄，道：「他是攝政王，是我大夏的監國，李成，你知不知道？」

李成卻是大笑：「智環，你也莫要忘了，你是我李成的未婚妻，是我的女人，你知不知道？」

鬼智環按著劍柄的手略略有幾分鬆動，最後無力垂下，戴著鬼面的臉朝向牆壁，道：「這件事，自然該由五族的鄉老來商議處置。」

李成冷笑，若真是讓鄉老來處置，看這鬼智環的模樣，竟是袒護一個外人，再加上鬼山、烏善二族站在她的一邊，自己還能如何？

他獰笑道：「五族的鄉老憑什麼商議處置我？」他從懷裡拿出一個項圈，振臂舉起，那項圈散發著淡淡的光暈，讓人不敢逼視。

「祖宗的規矩你們還記得不記得？得此環者，五族依附，這銀環在我手上，誰能處置我？」

鬼智環看著銀環，整個人一動不動，隨即旋過身去，將牆上的畫和花瓶拿了，默然要走。烏善和鬼山對視一眼，恭敬地朝銀環行了個禮，抬腿亦要離去。

恰在這個時候，有個人興沖沖地進來，大呼道：「那賊死了，死了！」卻發現各族的族長都在這裡，不禁呆了一下，悄悄退到一邊，想讓要出去的鬼智環先走。鬼智環也是呆了一下，卻是止住腳步，不肯走了。

李成見鬼智環退步，已是得意非凡，這銀環他早已準備好了，只要殺了沈傲，若是有人追究，便可以拿出來。只是沈傲還沒死，卻被鬼智環步步緊逼，讓他不得已亮出自己的底牌。這時聽到沈傲死了，索性沒有了顧忌，急切地問：「屍首在哪裡？」

進來的正是梁武。梁武搖頭道：「沒有屍首！」

「沒有？」李成露出森然的冷笑，朝著梁武打量道：「你說。」

梁武道：「我帶著幾個手下的兄弟往正南方去追，果然發現了有人的蹤跡，一路追過去，打傷了幾個人，其中有一個跑得慢，小人便帶著弟兄們追上去，他抽出劍來，向我們亂刺了幾劍，又繼續擇路奔逃，小人在他背後劈了一刀，眼看就要追上，前方卻是一處山澗，結果……」

李成冷笑道：「你怎麼斷定他便是沈傲？」

梁武提著一柄劍出來，方才沒有人在意，當劍亮出來時，卻是吸引住了許多人的目光。

那客商眸光一亮，道：「我記得大宋皇帝曾賜尙方寶劍給他，他時刻帶在身上，從未離身。」

客商接了劍，看到劍柄處用小毫書寫的「尙方」二字，再看劍尖處的血跡，很肯定地道：「就是這柄，天下間找不到第二柄來。」

梁武又從懷中取出一塊碎布，道：「除了劍，那人還留下了這個。」

李成接過碎布，碎布上也有明顯的血跡，而且仔細辨認，這布料顯然是高檔的絲綢。絲綢上的花紋也很熟稔，確實是那沈傲白日穿在身上的衣服圖案。

他哈哈一笑，道：「可惜了，沒讓我親自看他死。」隨即抬眸道：「所有人去山澗搜索，生要見人，死要見屍。」

梁武道：「那山澗極深，要搜索，只怕沒有四五日功夫也傳不回音信。」

李成冷笑道：「不見到屍首，我不放心。」

這幾個人旁若無人地說著話，等到李成注意時，發現鬼智環已經不見了蹤影。片刻之後，小樓裡的油燈重新亮起，一幅畫展開攤在梳妝檯上，花瓶小心地擺在窗臺。

看到這畫，她卻不知是該哭還是該笑。鬼面被輕輕揭開，一張冷漠的臉頰上還殘留著幾道淚痕，黝黑深邃的眼眸落在畫上，那畫中的女子無拘無束，可是畫外的人卻是蹙著眉，整個人有一種濃濃的蒼涼。

目光朝向窗臺上的花瓶望過去，晚風一吹，連紙紮的花兒也都已經「凋謝」了，無精打采地搖搖欲墜。就像是某個傢伙，來得快，去得也快；來時驚豔無比，去時無影無蹤。

鬼智環深吸了口氣，輕輕咬著唇，低聲呢喃道：「過客而已，不過……看在你我一面之緣的份上……」

「一面之緣」這四個字對別人或許並沒什麼，可是對她來說，卻是彌足珍貴，這世上能見到她容顏的人並不多，每一個都足以留給她深刻的記憶。

她突然露出一絲淡淡的笑容，像是在和畫中的人低訴，喃喃道：「你的畫，我會永遠珍藏起來！」

她像是鬆了口氣一樣，心裡似乎是在慶幸，還好與那個傢伙只是一面之緣，現在將他忘記還來得及。夜裡的風有點冷，她不禁輕輕跺了跺腳，攏著手朝手心呵氣，這樣子，更添了幾分動人。

橫山上下籠罩著一層薄霧，一個個壞消息傳出來，校尉逃回銀州，橫山附近數州的西夏軍馬已經磨刀霍霍，攝政王出了事，又是橫山五族動的手，換做數月之前倒也罷了。可是現在太上皇仍然健在，到時誰能擔得起這個干係？於是邊鎮、州縣的西夏軍馬開始活躍起來，據說已經做好征討的準備，就等龍興府的消息。

不止是西夏，消息傳到三邊，宋軍陳兵五萬在橫山山側，也在等待汴京的旨意。契丹在橫山附近駐紮的軍馬不多，卻也有一萬餘人，沈傲乃是連遼抗金的重要人物，這個人有了閃失，對契丹人的處境也是雪上加霜。這時亦是把姿態做足，在橫山南麓抓了不少出山的五族族人去。

橫山原本是三不管的地帶，可是這時，三不管卻變成了三要管，十幾萬大軍的調動哪裡逃得過五族的眼睛，只三天功夫，消息便傳到了山寨。

這個結果，任誰都沒有想到，橫山人固然桀驁不馴，卻也知道這次是他們有錯在先，沈傲是大夏攝政王，那李成卻是一意孤行，將整個五族陷入了萬劫不復的境地。三國的軍馬就算攻不入橫山，可是要封鎖住各處上山下山的入口卻很容易，山裡雖能自給自足，可是鐵器、鹽巴一些生活必需品卻需要與人交換，一旦斷了進出的道路，橫山只怕有得熬了。

這時候，許多人不免對李成滿是怨言，橫山再自大，也知道大宋、契丹哪一個都不是好惹的，更何況，西夏與橫山本就血脈相連，如今反目爲仇，橫山上下更是許多人滋生出怨恨。

到了第四天，四十多個族人的頭顱被送進山來，看到這些死不瞑目的牧人首級，許多人圍攏過來，親眷們嘶聲裂肺地辨認自家的男人。這些人，都是在橫山南麓放牧的牧人，契丹和宋軍突然派出遊騎將他們拿了，直接斬了腦袋棄置在山口。

鬼山和烏善二人最先趕到，見到這些都是自己的族人，臉色均是陰沉無比。等到鬼智環到的時候，鬼山便惡狠狠地道：「看李成做的好事。」

鬼智環默默地道：「立即安葬了，想辦法尋他們的屍首回來。」說罷，頭也不回地走了。成萬數千的族人看向她的背影，都是垂頭不語。

李成的日子也越發不好過，在他的漆紅竹樓裡，他惡狠狠地揪住那客商的衣領道：「你不是說只要殺了沈傲，你在大宋的主子會替我們開脫嗎？爲什麼倒是把宋軍引來了？」

這客商只是訕訕地笑，心裡早已做好了腳底抹油的準備，他只是奉著侯爺的命令過來，爲了安住李成的心，自然許諾了萬般的好處，可是沈傲死在這裡，大宋怎麼會干休？連他自家都知道，就算是李門下親自出面，只怕也不能阻止三邊的報復。

李成頹然坐在椅上，他已經感覺族人看他的眼神多了幾分古怪，從前的尊敬化爲烏有，甚至腦後時常會聽到一些竊竊私語。

李成冷哼一聲，鐵青著臉喝了口茶，才又道：「今日下午便要五族議事，那烏善和鬼山一定不會善罷甘休。」舔了舔嘴，繼續道：「不過我也不怕他，鬼智環是我的未婚妻，爲免節外生枝，我和她的婚事要提前了。」

李成瞇著眼，心裡打起了算盤，自己在族人間已經得不到尊敬，到時候若是鄉老一併發難，便是他這個族長之尊也未必吃得消。可是鬼智環不同，鬼智環的山訛族人口占了五族的四成，五族上下對她無不信服，奉若神明，若是及早娶了她，還可以挽回一些失去的東西。

李成沉著臉又道：「預備好彩禮送過去，這親事早就定下的，等到火神節的時候，已經來不及了。」

李成親自帶著幾個心腹的族人，帶著一車的彩禮到了鬼智環的竹樓下，鬼智環看到李成，輕視的意味更濃，淡淡道：「之前的約定不作數了嗎？」

李成擠出幾分自以爲瀟灑的笑容，道：「早晚又有什麼關係？環兒……」他上前一步想去拉鬼智環的手。鬼智環卻是一手按在短刀上，低低呼出一個字：「滾！」

李成臉色一變，惡狠狠地道：「環兒，你想反悔嗎？這是你父親的心願！」

鬼智環淡淡地道：「我父親的心願是在火神節成親……」

李成又急又怒，冷哼道：「那也未必。我們成了親，兩族便合二爲一，占了五族的六成，往後五族都掌握在你我的手裡，這難道不好？」他上前一步，繼續道：「況且我是真的愛你，我們青梅竹馬，一起長大，小時候，我還做過你的新郎，是不是？」

鬼智環的鬼面上沒有絲毫的情感，只是淡淡道：「從前的事，我不想提了。」

李成怒道：「你既然不講情面，也別怪我不客氣。」他拿出那銀環來，道：「這銀環在我手裡，五族的先祖曾在銀環下立誓對不對？得此環者，誰若是不遵從，便萬箭穿心而死，辱及祖宗。」

李成猙獰地笑起來，索性把話放開來說。其實這銀環的效用能有多少，他自己都拿不準，畢竟東西是死的，人卻是活的，幾百年前傳說的約定，族人們未必肯心服。可是鬼智環不一樣，這銀環對鬼智環來說有如緊箍咒一樣，烏善和鬼山或許不會理會，可是鬼智環一定會屈服。

果然，鬼智環的眼中閃過一絲無奈，旋過身道：「我還能說什麼？」

李成像是得勝的公雞，臉上露出得意的笑容，朝著她的背影道：「明日……不，今日五族議事之後就成婚，你自己做好準備出嫁吧。」

他哈哈一笑，叫人放下了彩禮，才帶著人回去。

第九十六章 聖物真偽

沈傲譏誚的看著李成手上的項圈，淡淡地道：

「這就是五族的聖物？只是這聖物是真是假，誰也不知道。你拿著這個，就想肆意胡為？」

一句話激起千層浪，那些拔出刀來的族人，

這時候也不由地遲疑起來。

上坪。一個個鄉老肅穆登上臺階，進入幽深的大殿之中，大殿內，已經佈置了許多了蒲團，大家依席而坐。

各族的鄉老有許多彼此認識的，都在竊竊私語，現在五族的族長都還沒有到，可是一個消息已經傳開了，李成和鬼智環今日便要成親。這個消息實在太突然，讓所有人措手不及。可是仔細一想，這些年紀老邁的鄉老們便立即明白了李成的用心。

幾個鄉老指著那雕塑激動地道：「銀環乃是我族聖物，先祖在的時候，便是憑著它帶著我們的族人遷徙到橫山，讓我們繁衍生息，李成拿了銀環，竟是去逼迫鬼智族長成婚，它將聖物當做他謀私的工具嗎？」

大家聽了，紛紛頷首點頭，再加上李成擅殺攝政王的舊怨還在，眾人也都是一肚子火氣。這些鄉老們一個個憂心如焚，爲三國封山的事急白了頭髮，現在李成又做出這等醜事，卻又如何不急？

只是李成手上拿了銀環，便如有了尙方寶劍，縱使議論紛紛，也有人想要對他施行族法的，可是大多數人仍是苦笑。年輕的族人可以義憤填膺，罔顧聖物，可是對鬼智環和在座的鄉老來說，聖物所代表的，卻是五族的始祖和延續，絕不容玷污。

接著，烏善和鬼山並肩進來，二人的氣色都很差，就在半個時辰之前，又有消息傳出，說是一隊契丹人衝入橫山的邊緣，襲殺了幾個牧民，烏善和鬼山兩族分佈在橫山周邊，所以最危險。現在還只是襲殺落單的族人，可是再過些時候，誰知道會不會襲擊村落，山中雖有兩萬橫山軍，可是橫山這般大，總不能每一處都護衛得周全，若是再這樣下去，他們二人只能決定讓族人拋棄周邊的草場，向橫山內部遷徙了。

只是要遷徙，又談何容易？山中的平原草場只有這麼多，這麼多人進來，人家也未必肯讓給你。雖說五族是一家，可是親兄弟之間也有爭執的時候。鄉老們見他們臉色不好，大致已經明白了什麼，都捋著白鬚停止交談。

接著是李成和后土族族長鬼橫二人一起進來。李成負著手，旁若無人地尋了自己的位置坐下，他只顧著和旁邊的鬼橫低聲說話，一副完全不將鄉老們放在眼裡的樣子。幾個鄉老不禁爲之氣結，卻也是無話可說。

殿中的氣氛變得有些詭異。從前五族在一起，都是和和睦睦的，雖然偶有勾心鬥角，可是比起今日的氣氛，卻是全然不一樣。

正在這時，一個人清咳一聲，所有人向殿外望過去，只看到一個驚豔的人影出現。今日的鬼智環，並沒有戴上鬼面，那張動人心魄的臉龐第一次出現在大庭廣眾之下，立即四座皆驚。

李成看到鬼智環，眼睛都呆住了，二人小時候不是沒有見過，只是那時候嫵媚的臉蛋還未長成，現在才知道，那鬼面之後是何等的絕色。

他的喉結不由地滾動了一下，想站起來，終於還是老老實實地坐著，想到議事之後，這個絕妙的美人兒就要成爲自己的妻子，心裡不禁心花怒放。

鬼智環的臉上並沒有施任何粉黛，或許因爲常年戴著面具不見陽光的緣故，膚色顯得有些病態，可是一顰一眸之間，都流露出無比高貴的氣質。她赤著足，雪白的足尖猶如染了一層光暈一樣，晶瑩白皙。只是臉上仍像是戴了面具一樣，有一層陰鬱，雖然嘴角勾起淡淡的笑容，卻讓人覺得這笑容背後，彷彿藏著許多的無奈和惆悵。

她的腰間，仍懸著那柄短刀，手搭在短刀上，一步步走到首位款款坐下。

鬼智環的目光逡巡了一下，烏黑的眸子閃動著動人的光輝，她輕輕地啓口，在眾人的驚愕之中道：「李成！」

李成不禁應了一聲，目光一刻也不肯離開她的臉龐。

鬼智環道：「今日要議的，是你擅自殺害攝政王，你知罪嗎？」

鄉老們紛紛鼓噪起來，李成卻是毫不猶豫地道：「不知罪！」

鬼智環的目光落在李成身上，道：「你爲族人惹下了天大的禍事，難道就沒有一分悔改之心嗎？」

李成心裡有底氣，絲毫不怕，拍案而起道：「我們橫山五族，一向與元昊一脈宿怨重重，早先我們的祖先尚且不怕那元昊，如今他們奉了一個南人做攝政王，難道我們五族還會害怕？」

烏善聽了，怒道：「怕不怕是一回事，攝政王是我們的客人。你若是真有膽量，大可帶著你的族人去和他們上陣拼殺，可是你為什麼要做這種偷雞摸狗的事？」

許多鄉老紛紛站起來，群起指斥。李成很快便落了下風，他冷冷一笑，重新坐回位子上，慢吞吞地道：「人已經殺了，又能如何？與其在這裡吵吵嚷嚷，倒不如說一些正經事。」

鬼山拍案道：「什麼是正經事？」

李成見所有人怒視著自己，知道自己已經犯了眾怒，再看鬼智環那高深莫測的神色，心裡也有些虛了，便移開話題道：「五族自古以來便和睦如兄弟，我們既然和西夏反目，倒不如索性封王自立，今日議事，乾脆趁此機會推選一個大王出來。」

一邊的鬼橫也幫襯道：「元昊的子孫能稱王，我們為何不能？難道一定要看人眼色不成？」

眾人聽了氣結不已，誰也不曾想到，李成竟是打著這個算盤。說是自立，可是這大王的人選是誰，許多人都已經有數。李成今日便要和鬼智族長成婚，到時山訛族和李成的部族合併，兩族人口眾多，這大王豈不是落在他李成的頭上？這如意算盤，倒是打得響噹噹的。

鬼山性子衝動，跺腳站起來道：「李成，你瘋了嗎？」

李成冷靜地看著鬼山，他並沒有瘋，殺了沈傲，交惡了三國，眼下又要娶鬼智環，這時候若是不趁機掌握住五族，更待什麼時候？一個族長又有什麼意思？若是自己趁機做了這五族之王，這橫山便是他一人說了算。

李成冷冷地笑了笑道：「你的族人大多都在南麓，那裡無險可守，只能內遷了。」他淡淡道：「若是內遷，我可以給你提供幾處草場，五族間一向和睦，自然不能委屈了你們。」

鬼山怒道：「我不要你的施捨！」說罷，便氣呼呼地坐下。

李成看了一直沉默的鬼智環一眼，適時地站起來道：「橫山五族從此之後再不必看人眼色，再不必去向人稱奴，我們有最彪悍的勇士，有最肥沃的土地，我們和元昊的血脈同樣高貴……」

「夠了！」鬼智環突然打斷他，冷冷地道：「李成，你到底想做什麼？」

李成被鬼智環打斷，朝她冷笑一聲道：「環兒，你想做什麼？南人有句話叫嫁雞隨雞，你是我的妻子，難道也要反對我嗎？」

鬼智環漠然地道：「公是公，私是私，今日要議的，是你擅殺攝政王。」

李成陰冷地看了鬼智環一眼，惱羞成怒道：「你還對他念念不忘？哈哈，真是奇了，你是我的妻子，卻想著別的男人！」

幾個鄉老氣得嘴唇哆嗦，紛紛道：「李成，這是一個五族男兒該說的話嗎？」

「老東西閉嘴！」李成橫瞪他們，既然已經到了千夫所指的地步，他也沒有什麼好顧忌的，咬牙切齒地道：「我和環兒夫妻間說話，也要你們插口？」

殿內頓時亂作一團，更多人站出來道：「李成，你太過分了！」

李成旁若無人，繼續逼視著鬼智環道：「環兒，你到底是站在你丈夫和聖物這邊，還是站在那個跌入懸崖的南蠻子那一邊？」

鬼智環吁了口氣，眼眸中閃過一絲痛苦。

李成逼近一步，牽起她晶瑩如脂的纖手，輕輕地放在自己的掌心裡，呵呵笑道：「跟了我，我是五族王，你是王妃，你我共掌橫山。」

烏善和鬼山一齊霍然而起道：「你憑什麼做五族王？」

李成不去理會他們，只是盯著鬼智環，繼續道：「環兒，我李成一輩子都對你好，今日當著這麼多鄉老，我李成在這裡立誓……」

鬼智環抽出手去，抬起眸看著李成，眼眸中閃過一絲譏誚，道：「你的誓言我不稀罕，我嫁的是族中的聖物，而不是你！」

李成後退一步，臉色驟變，哈哈大笑起來。當著眾人的面，這句話對他不啻是天大的侮辱。他咬了咬牙，猙獰道：「不管如何，從今往後，你便是我的女人。」

他拿出最後的壓箱寶貝，高舉著銀環道：「聖物在此，誰敢不從？從即日起，我和環兒成婚，五族由我掌握，有誰反對嗎？」

鬼山跺腳道：「我一萬個不服。」

烏善卻是猶豫了一下，沒有吱聲。

那鬼橫站起來，嘻嘻笑著，率先朝李成行禮道：「后土族願聽橫山王調遣！」

鄉老們紛紛安靜下來，看了看那銀環，再看看鬼智環，李成之所以如此勝卷在握，確實是掐準了五族的命脈，娶了鬼智環，又有那后土族襄助，橫山的大部分力量，已經落到了李成的手裡，再加上手握聖物，誰敢不從？

殿中一下子安靜得可怕，只見李成走到鬼智環的座椅上。這座椅不小，還留有空隙，他撫著鬼智環的肩便要坐下去，鬼智環立即起身讓開，如此一來，殿中的主座變成由李成坐著。

他坐在首位上，整個人都提起了幾分精神，顧盼了一下，道：「從此往後，橫山的事務由我做主，誰若是不從……」他冷笑一聲，繼續道：「可莫要怪本王不講情面，不要牽累到自己族人。」

這句話，自然是威脅烏善和鬼山二人的，烏善猶豫了一下，欲言又止，終究還是沒有出言。鬼山卻是顧不得這麼多，怒道：「我寧願帶著族人出了這橫山，也絕不認你爲王！」

李成嘿嘿一笑，朝那鬼橫對視一眼，鬼橫暗暗頷首點頭，李成冷笑道：「想走，哪有這麼容易？你試試看，你能不能走出這寨子！」

鬼山當真要走，卻被烏善拉住，鄉老們也紛紛來勸，誰也不曾想到事情會弄到這個地步。倒是有不少人期許地看向鬼智環，鬼智環的臉色漠然，手上按著短刀，目光之中有幾分無奈。

這時，幾十個人衝進來，有人大叫道：「跳梁小丑，也敢稱王？」所有人的目光朝殿口望去，卻都是嚇了一跳，爲首說話之人，不是沈傲是誰？

沈傲穿著明晃晃的金甲，按著腰間的一柄儒刀，身後是數十個按刀尾隨的校尉。

沈傲下巴微微抬起，帶著幾分高傲的口吻道：「本王駕到，爲何無人跪迎？」

李成信心滿滿的臉上一下子面如土色，如見了鬼一樣，手指著沈傲道：「你……你爲何……」

沈傲踏前幾步，卻是連眼角都不去看他，渾身筆挺地站著看向鬼智環，淡淡道：「環兒小姐，我們又見面了！」

鬼智環看到沈傲，先是微微愕然，隨即漠然的眼眸飛快地閃過一絲欣喜。這欣喜不是作僞，完全是發自內心，就如死氣沉沉的湖面突然泛起一絲漣漪，水紋蕩開，霎時波光粼粼。那絕色的臉孔上揚起微笑，這忘我的笑容，恰如沈傲畫中的那個環兒一樣，似乎拋開了一切，再沒有僞裝，只有發自內心的愉悅。

鬼智環朝沈傲頷首道：「攝政王殿下……」

沈傲嗯了一聲，幽深的眸子在殿中四顧：「方才是哪個逆臣賊子要稱王自立？」鄉老們至今還沒有回過神來，臉上還殘留著震驚，一時間竟是鴉雀無聲。

李成率先反應過來，手指著沈傲大叫道：「祖殿重地，他是如何進來的？」

沈傲莞爾一笑道：「普天之下莫非王土，率土之濱莫非王臣，這是大夏的土地，本王要來，誰敢阻攔？」

他與梁武早已定下了計畫，佈置了一個詐死的局，好等那李成鑽進去，之所以如此，一是要讓五族族人深刻體會殺死他的後果，好讓所有人的不滿都指向李成。另一方面，也是讓李成自己跳出來，畢竟李成「殺死」的是堂堂大夏攝政王，李成要想不被人報復，就必須採取行動。

他與幾十個校尉尋了個偏僻的村落，化妝成商旅住下，梁武則在寨中爲他傳信，等時候差不多了，再從天而降。

上這上坪的時候，倒是沒有人阻攔，沿途的牧人看到攝政王死而復生，還沒有回過神來，沈傲就已經走遠；殿外雖有七八個漢子守著，可是沈傲衝進來的時候，他們要阻攔也來不及了。

所有的一切，都是以迅雷不及掩耳之勢水到渠成，現在，在這殿中，就是攝政王與這可笑的橫山王對決的時候。

苦熬了這麼久，等的就是今天，沈傲一肚子的火氣，早就等著今日發洩，他的目光，最終落在李成的身上。

那漆黑深邃的眸子，彷彿有著令人心折的力量，壓得所有人透不過氣來。俊臉上的長眉微微一皺，鹿皮靴子便向前走一步，每一步，身上的金甲因爲摩擦，而發出一陣陣脆響，沈傲按著刀柄的手抬起來，指著李成，語帶譏諷地道：

「你要稱王？」

李成已經從震驚中回過神來，喉結滾動了一下，臉上的驚駭表情瞬息不見。他勉強定住神，恨恨地看著沈傲，道：「這裡是我五族重地，莫說是你西夏監國，就是李乾順親自來，也犯了我五族的忌諱。」他森然一笑，繼續道：「你僥倖逃過一死，逃出這橫山也就罷了，偏偏還敢回來，這是自尋死路！」

「來人！」他大叫一聲。外頭十幾個彪形族人踏入殿中，警惕地看向沈傲。

李成的話不是沒有效果，這裡是五族的禁地，從來沒有外人可以進來，現在沈傲這

般闖進來，倒是讓五族之間生出同仇敵愾之心，李成再壞，也是自家人，沈傲再如何尊貴，也是個外人。鄉老們雖然都沒有說話，可是內心裡，已經偏向了李成一些。

沈傲只是盯著李成，道：「是你要自立爲王？」

李成被沈傲看得很不舒服，眼角掃了鬼智環一眼，見鬼智環一動不動地看著沈傲，心裡勃然大怒，厲聲道：「殺了他們！」

族人們卻都是面面相覷，誰也沒有動，殺沈傲？若說是從前，或許還有人敢動手，可是殺沈傲的後果是什麼，已經有人體驗過，誰也不想再來一次。

許多人看向鄉老和鬼智環，希望他們拿主意，鄉老們此刻是出奇的沉默，誰也沒有吱聲。鬼智環則是看向沈傲，嘴角微微勾起一絲弧形，嫵媚動人到了極點。

李成見無人聽他命令，心裡也有些慌了，今日不殺沈傲，死的就是他李成，這一點他不會不明白。他幾乎是嘶聲揚起銀環道：「聖物在此，誰敢不從，殺了他！」手中的銀環透出淡淡的光暈。

族人們面面相覷，幾個人的心思已經動搖，悄悄拔出了腰間的長刀，一時之間，氣氛已經劍拔弩張。

沈傲譏誚的看著李成手上的項圈，淡淡地道：「這就是五族的聖物？只是這聖物是真是假，誰也不知道。你拿著這個，就想肆意胡爲？」

一句話激起千層浪，原本李成說尋到了聖物，所有人都不疑有他，畢竟以李成族長之尊，族中上下也不敢提出質疑。可是現在看到李成的真面目，心裡不禁生出了疑竇，幾十個鄉老看著那聖物，急欲要辨明真偽。連那些拔出刀來的族人，這時候也不由地遲疑起來，刀尖微微垂下，一時間失去了鬥志。

李成大怒道：「你們寧願聽一個外人胡說八道，也不願意相信我？這聖物千真萬確，誰敢質疑，便是玷污先祖。」

沈傲呵呵一笑，道：「既是聖物，就會有真假，你的聖物若是真的，那當然好說。可要是假的，到底是誰在玷污你們的先祖就難說了。一個銀環而已，你若是要，我可以立即叫人仿製出一千一百個來，誰知道你是不是心懷鬼胎，爲了私利叫人仿製了一個？這種事，還是先驗明清楚的好。」

鬼山見狀，先是踏前一步道：「不驗明清楚，爲何要聽你調遣？」

烏善這老狐狸眼珠一轉，微微笑道：「李族長的人品，我烏善也是信不過，還是先驗明了再說。」

鄉老們也都狐疑地看向李成，有個鄉老道：「還是驗明了正身才好。」

這銀環確實是真正的聖物，李成對這個很有把握，只是這麼多人提出質疑，令他有些下不來台，他無論如何也想不到，自己的族人竟和一個外人一個鼻孔出氣。可是不驗明清楚，只怕也無人聽他調遣。

他猶豫了一下，冷笑道：「如何驗明？」

沈傲莞爾一笑，道：「敝人恰好懂一些鑑定之術，倒是可以代勞。」

李成冷哼：「你不成。」

沈傲手指著李成道：「你怕了？」

鬼智環這時候開口道：「就讓攝政王驗一驗，無論真假，只要能說出令人信服的道理來，大家自然信服。」

鬼智環和烏善也都鼓噪起來，鄉老們不少人亦跟著附和。

李成無可奈何，只好道：「好，就讓你驗一驗，不過，未免你玷汙了聖物，只能看不能動。」心裡卻想，這是流傳了千年的聖物，任他口舌如簧，難道還能指鹿為馬？

沈傲淡淡一笑，先走向鬼智環道：「鬼智族長，你們這聖物是什麼來歷，能否先言明一二。」

鬼智環正色道：「這聖物據說已經流傳千年，是族中的重寶，一代代的族長傳遞下來，原本是由五族的族長輪流保管。此後因為族中生出了一些變動，才將它供奉到祖殿中，只是三十年前不知如何失竊，之後就沒有了任何消息。」

她深望沈傲一眼，繼續道：「說起來，我這山訛族長也是第一次見這聖物。」

資訊很模糊，說了等於沒說，不過沈傲心裡卻是竊喜，資訊越模糊越好，他上前一步，叫個校尉移了油燈來，仔細地端詳這銀環。銀環的樣式很古樸，像是南朝時期的風格，那時候五胡亂華，正是藝術形式驟變的時期，一時間也難以分出具體的時代來。

銀質的項圈內壁已經微微生出些黑色的污穢之物，這是銀子的特點，材質倒是絕沒有錯，一看就像是一件古物。

沈傲仔細辨認，發現項圈的內壁，隱隱約約還有文字的痕跡。沈傲心裡想，從秦漢開始，裝飾物往往會刻寫一些吉祥的文字，那時的羌人與中原王朝聯繫緊密，正是漢羌融合的時期，中原文明的許多習慣帶入羌人之中倒也不足為奇。

其實羌人從秦漢開始，許多生活、文字的習慣就已經和漢人沒有區別，漢朝時期，羌人內附，再加上漢朝加強對西北區域的控制，漢羌通婚的例子也不勝枚舉。西羌人屬於三苗的一支，主要分佈在隴西一帶，融合的較晚，因此帶有許多自身的民族特點，就比如這項圈，就是有別於漢人的一種飾物。

沈傲取過校尉手上拿著的油燈，輕輕地移向那項圈內壁的文字，仔細辨認之後不禁笑了起來，隨即將油燈拿開道：「這項圈的內壁寫著『永壽』二字。」

鬼智環見沈傲那認真端詳的樣子，不禁有些發癡，這傢伙平時有些瘋瘋癲癲，可是做起事來卻是出奇無比的認真，這時聽他說話，不禁道：「族中尊貴的人，項圈內壁大多雕刻這樣的字樣。」

沈傲頷首點頭，朝鬼智環笑了笑道：「雕刻這樣的字樣倒是沒有錯，偏偏它用的是漢字。」

李成怒道：「用漢字有什麼稀奇？我們五族一向也是用漢字書寫，說的也是漢話。」

西羌人的語言文字到了漢末時期，就已經發生了翻天覆地的變化，開始逐漸用漢字書寫文字，語言也漸漸與漢話融合，許多字音採取的也都是漢人的吐字習慣，久而久之，黨項人的語言更像是漢話的方言，雖然有些吐字的音符保留了自身的習慣，可是大致上來說，用黨項的語言與漢人的語言交流並沒有什麼問題。

沈傲淡淡笑道：「一千年前恰是東漢立國時期，只是不知道，那時貴族也是用漢字的嗎？」

李成一時愣住，鄉老們也都是默然無語。這種歷史問題，誰能說得清楚？就是勤於寫史的漢人對千年前的事都未必能說清，更何況是他們？

李成怫然道：「一千年前，我們的祖先用的是漢字也沒什麼稀奇。」

沈傲淡淡笑道：「這倒是，不過本王還有個疑問。」

李成見沈傲信心十足，不禁有些心虛，不肯示弱地道：「看你還能說什麼。」

沈傲笑道：「這是漢字沒有錯，千年之前貴族用的是漢字也沒有錯。可是爲什麼這項圈的內壁上，所書的筆法卻是顏體？」

顏體？所有人都是懵懂的樣子，大多數人對這個想必也沒有什麼概念。只有那附庸風雅的烏善卻知道一星點，捋鬚賣弄道：「顏體乃是唐人顏真卿所創的書法，是了，唐人的書法，爲什麼會出現在千年前的古物上？」

烏善眼睛一亮，整個人變得精神抖擻起來，繼續道：「漢隸唐楷，是漢人行書的特點，這顏體就是楷書的一種，直到晉時才開始廣泛書寫；若這當真是聖物，就算是用漢字書寫，那也應當用的是隸書。」

李成臉色驟變，正要說什麼，卻聽到沈傲朝烏善頷首道：「烏善族長說得沒錯，且不說楷書，只說這顏體的字形，只有在後唐時期才出現，至今也不過兩三百年，方才鬼智族長親口說這是千年的古物，爲什麼上面會有兩三百年前的字體？」他不禁打趣道：「莫非這顏體並非是顏真卿所創，而是早在千年之前貴族的族人開創的嗎？」

聽了沈傲的話，所有人恍然大悟，聖物是千年古物，可是上面的文字卻只有三百年內才可能出現，只從這一點就可以推論，李成手中的銀環，定是個贗品。

沈傲心裡卻想，這所謂的聖物多半是真的。其實在後世，沈傲也曾揣摩過不少民族流傳的寶貝，其結果就是這些寶貝大多名不副實。比如倭人的草睢劍，吹噓是創世神話時期斬殺八歧大蛇的神劍。若是真從這些流言中推論，那草睢劍豈不是萬年前的古物？須知萬年之前，倭人有沒有從猴子進化成人還是個未知數，更別提是鍛造寶劍了。

此外，西方也有類似的傳說，如聖杯、石中劍云云，這些東西說透了，只是爲了賦予它們神聖的背景，藉以來烘托聖物的高貴不凡。

李成聽沈傲言之鑿鑿，不禁臉色大變，方才沈傲移近油燈的時候，他也看到了上面的字跡，讓他不得不信。他期期艾艾地道：「這……這不是膺品，我……李成敢對列祖列宗……」

「李成！」鬼智環的眼睛落在李成身上，滿是厭惡地道：「你還要狡辯嗎？」

第九十七章 清理門戶

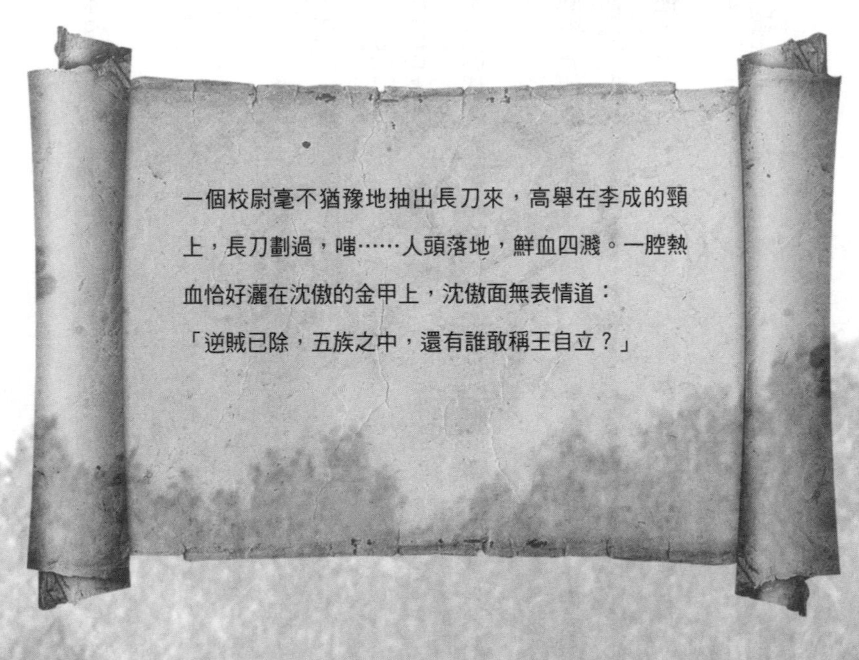

一個校尉毫不猶豫地抽出長刀來，高舉在李成的頸上，長刀劃過，嗤……人頭落地，鮮血四濺。一腔熱血恰好灑在沈傲的金甲上，沈傲面無表情道：

「逆賊已除，五族之中，還有誰敢稱王自立？」

鄉老們已經斷定李成有鬼，哪裡會想到聖物本身就有問題？只當李成是僞造聖物，藉以達到自己的目的。

方才李成借著聖物胡作非爲，早就惹起大家的不滿，如今再加上這一條，所有人的惡感全部爆發出來，紛紛道：「不肖子弟，這種悖逆天地祖宗的事也敢做出來！」

李成拿著銀環百口莫辯，大吼道：「你們……你們寧願相信一個外人嗎？我……」

沈傲冷冷地看著李成，道：「來人！」

身後的校尉一齊大喝：「在！」

沈傲道：「這反賊，給本王拿下！」

幾十個校尉湧上去將李成制住，而殿中的十幾個五族彪形漢子無動於衷，悄悄地退出殿去。

李成雙手被反剪，一個校尉朝他後肚重重一踢，整個人猛然地跪在沈傲面前。他抬起頭，完全沒有了當初的不可一世，畏懼地看向沈傲道：「我……我……饒命啊……」

沈傲面無表情地看著他，道：「謀殺本王，自立封王，這是誅族的大罪，到了這個時候你還想活？」

李成面如死灰地垂下頭去，口裡還在喃喃道：「怎麼會是假的？怎麼會是假的……」

這時，鬼智環道：「攝政王殿下，李成觸犯我五族族法，能否將他交給我們，由我們以族法治他死罪？」

李成僞造聖物在五族中已算是滔天大罪，鬼智環提出的要求也算合理，至少這裡是五族的禁地，也該讓李成給鄉老們一個交代。

沈傲側目看了鬼智環一眼，冷聲道：「鬼智族長，本王問你，國法與族法孰大？」

沈傲渾身上下透著一股冷漠，這一聲逼問，讓鬼智環也不禁後退一步，一雙幽幽的眼眸不敢去看沈傲的眼睛，道：「自……自然是國法。」

沈傲按緊手中的刀柄，擲地有聲地道：「這就是了，普天之下莫非王土，國法如山，小小族法算得了什麼？來人……」

沈傲頓了一下，目光如刀一般掃過鬼智環，從牙縫中蹦出一個簡單明瞭的字：「殺！」

沈傲的話音剛落，一個校尉毫不猶豫地抽出長刀來，高舉在李成的頸上，長刀劃過，嗤……人頭落地，鮮血四濺。

一腔熱血恰好灑在沈傲的金甲上，沈傲面無表情道：「逆賊已除，五族之中，還有誰敢稱王自立？」

殿內頓然鴉雀無聲，沈傲虎目四顧，見無人吱聲，下巴微微抬起幾分，帶著幾分尊貴和高傲，毫不客氣地坐在李成方才的位置上。

這是歷代最尊貴的族長的位置，代表的是五族大權的象徵，之前坐在這裡的是鬼智環，之後李成喧賓奪主，現在卻置身在沈傲身下。

沈傲淡淡地道：「鬼橫族長何在？」

鬼橫眼見李成身首異處，已是嚇得差點昏厥過去，整個人魂不附體，聽到沈傲叫他，不禁打了個冷戰，立即從人群中鑽出來，整個人趴伏在地，不斷叩頭道：

「后土族酋長鬼橫見過攝政王殿下，攝政王殿下千歲！」

鬼橫的聲音有些顫抖，趴在地上，身子不自覺地抖動著，族長之尊，在沈傲腳下卻是卑躬屈膝，連鬼智環都看不下去。她看著沈傲那冷峻的臉，長眉之下，一對盛氣凌人的眼眸，竟是懷疑自己看錯了，從前那個自稱讀書人、口口聲聲說怕黑怕鬼的傢伙，怎麼說變就變，一下子竟是換了一個人似的？

鬼智環一時也不知這個變化是好是壞，短暫的欣喜之後，立即明白了沈傲的用意，這個男人懦弱的外表之下，原來竟深藏著壯志凌雲的雄心。

沈傲不再理會鬼橫，彷彿天生就該受他的頂禮膜拜一樣，大剌剌地道：「烏善、鬼山二位族長呢？」

烏善這老狐狸立即踏前一步，單膝跪下，垂下頭道：「烏善見過攝政王殿下。」

鬼山略略猶豫，見烏善如此，也同樣單膝跪下，手按胸口道：「鬼山見過攝政王殿下。」

沈傲眼眸落在鬼智環身上，哂然一笑道：「鬼智族長。」

鬼智環微微向他福了福，眼眸與沈傲的眼神碰撞在一起，輕輕道：「殿下。」

沈傲淡淡道：「山訛族在五族之中實力最是雄厚，山訛族何去何從，還要鬼智族長定奪。」

鬼智環又是福了下身子，妙曼的身子輕輕下蹲時，有著說不出的婀娜，她低聲道：「山訛族族長鬼智環見過殿下。」她刻意將「山訛族」三個字咬得很重。

鬼智環行的這個禮，所代表的已經是整個山訛族了。

沈傲點了點頭，沒有多說什麼，叉著腿坐在椅上，朗聲道：「諸位鄉老爲何不來見本王？」

鄉老們面面相覷，各族族長伏誅的伏誅，屈服的屈服，這座外人不得入內的祖殿，如今彷彿換了一個新的主人。鄉老三三兩兩的起身離座，單膝跪下：「見過攝政王殿下。」之後離座的人越來越多，到最後，幾乎所有鄉老都單膝跪成了一片。

沈傲高高坐在椅上，手端起茶几上的一杯甜茶。這甜茶本是鬼智環所用，沈傲輕輕抿了一口，感受到一股化人的唇香，隨即將甜茶一飲而盡，不急不徐地道：

「大夏立國已有百年之久，橫山五族一向與朝廷同心同德。本王奉詔監國，對各族一視同仁。今日有人煽動謀反，既然首惡已除，其餘的黨羽就此既往不咎！」

聽了這話，那鬼橫懸起的心放下，立即大呼道：「殿下聖明，下族感恩不盡。」

沈傲長身而起，居高臨下地在跪了一地的人群縫隙中徐徐踱步，慢吞吞地道：「如今大夏國難在即，金人叩關而擊，欲與本王會獵，爭奪我大夏膏腴之地……」

沈傲的語調並不高，就像是尋常人敘話一樣，繼續道：

「金人是什麼？大漠的豺狼而已，起於荒漠，自恃勇武，興風作浪，驕橫放縱；所過之處，屠城略地，燕雲之地早已血流成河、屍橫遍野，難道我大夏也要重蹈契丹人的覆轍？」

說罷，沈傲抽出腰間的長刀，狠狠地刺入地面，聲音激昂地道：

「絕不可以！本王聽說聖明的君主面臨危局會制定策略來平定變亂，而忠心的臣子面臨災難會尋求對策來確立自己的地位。如今國家危如累卵，本王身為君王，願意臨危受命，與女真豺狼一決死戰，橫山五族可願意做忠誠的臣子，與本王共赴國難，彰顯威武，立下不凡功績？」

鬼山道：「殿下敢，我們橫山的子孫為何不敢？」

烏善道：「殿下若是臨陣不退，橫山也沒有懦夫。」

橫山五族游牧而居，彪悍無比，聽到懦夫兩個字，霎時熱血沸騰起來，既是國難，橫山五族也是西夏人，豈能坐看別人廝殺，自家卻是作壁上觀？

沈傲抬起頭，朗聲道：「女真人常常炫耀自己的武功，十萬女真鐵騎過處，無人可擋。今日本王要讓他們見識我大夏橫山鐵騎的厲害，傳本王詔令，橫山鐵騎……」他刀指北方，繼續道：「立即出兵！」

從殿中出來，陽光高高照射，寨中的族人也感覺到了殿中的不尋常氣氛，都悄悄聚攏在中坪。

沈傲伸了個懶腰，整個人又恢復了那酸溜溜的樣子，陽光顯得格外的刺眼，他目光逡巡了一下，突然停頓下來，等待鬼智環蓮步過來，才淡淡朝她笑道：

「環兒小姐，敢問一下，本王的尙方寶劍在哪裡？」

許是受不了沈傲那咄咄逼人的目光，又或是沒了鬼面的遮擋，讓鬼智環不敢去看沈傲的眼睛，只是側目對著中坪方向道：「殿下隨我來。」

前方有一個校尉已經將李成的首級帶到中坪，將首級拋擲在地上，大喝道：「逆賊李成已經伏誅，誰若是再敢心懷不軌，李成就是榜樣！」

族人們見了這首級，都是生出寒意，竊竊私語，等到各族的鄉老出來了，才紛紛聚攏族人，頒佈王詔。

沈傲與鬼智環一前一後沿著溪水漫步，鬼智環突然道：「殿下打的好算盤！」

沈傲呵呵一笑，道：「本王這也是為了你們好，這世上強者為尊，橫山五族自恃有兩萬鐵騎就想獨善其身，也太不自量力了一些，徹底臣服才能延續自己的血脈。」

他頓住腳，突然伸出手去，手指觸到鬼智環那如脂的肌膚，將她的下巴稍稍抬起，一雙眼睛注視著她，徐徐道：「環兒小姐不會怪本王殺了你的未婚夫婿，令你不能成婚吧？」

鬼智環仰視著沈傲，淡淡道：「殿下以為呢？」

二人對視，隨即會心一笑，沈傲有些不捨地放開手，繼續向前踱步。

到了鬼智環的住處，在幾個老婦人驚愕的目光中，二人一前一後進入樓中，樓中點了紅燭，裝飾一新，想必是因為今日鬼智環的親事，連婚衣都送了來。

沈傲掃視了一眼，這裡並不奢華，卻是整潔無比，他抬頭看到牆壁上的一幅畫，正是自己所畫的仕女圖，美人兒赤足在萬花叢中飛奔，追逐著彩蝶，如夢似幻。窗臺上，仍舊擺著一個花瓶，花瓶裡插著早已被潮氣浸得濕漉漉的紙花。

鬼智環沒有料到這些東西會被沈傲看見，一時也是呆住，隨即俏臉恢復如常。她不是個矯揉造作的人，也不是個遇事就不知所措的婦人，雖是短暫的發窘，卻沒有讓她失態。

走到衣櫃前，打開櫃子，一柄光彩奪目的寶劍赫然懸掛在衣櫃內，纖手輕輕取過劍，劍身的寒氣令溫軟的手心也不禁冰冷起來。

當鬼智環旋過身的時候，發現沈傲已經在她身後一寸的距離，足以讓鬼智環生出不適，她強壓住這種說不上好壞的感覺，將寶劍遞過去，緩緩道：「殿下，完璧歸趙了。」

沈傲不客氣地接過劍，卻沒有下一步的動作，只是淡淡一笑，拉起劍鞘，那劍身龍吟一聲，露出一寸的寒芒，沈傲搖了搖頭，道：「好劍，本王只誅人心，可惜了這把好劍！」

鬼智環淡淡一笑道：「殿下誅心的本事，令人印象深刻。」

沈傲向前湊近幾分，神秘地道：「本王偷人的本事更厲害幾分，環兒小姐要不要見識一下？」

鬼智環嫣然一笑，卻是謹慎地側身躲開，道：「殿下說笑了。」她突然輕嘆口氣。

沈傲沒有得逞，倒也不以爲意，只是哈哈一笑打量著屋子裡的陳設，道：「原來這寨子裡還有這麼好的去處，本王住的地方和這裡比起來，真如珠玉和牛糞了。」

他毫不客氣地坐在鬼智環的榻上，這榻上有兩條薄毯，散發著若有若無的香氣，怡然自得地伸了個懶腰道：「本王一路過來，已經有七八個時辰沒有睡覺，這時候倒是真的乏了。」

他朝鬼智環眨了眨眼，繼續道：「本王是讀書人，讀書人睡在女子的閨閣裡也是常有的事，環兒小姐，本王可以在這裡借睡幾個時辰嗎？」

鬼智環見他的臉上確實有幾分疲倦，不禁道：「殿下不是說過，普天之下莫非王土嗎？」

這話的意味再明白不過，沈傲朝她微微點了點頭，便脫了靴子要睡。靴子脫下來，難免會有一點怪味，鬼智環不由地皺了一下眉，道：「殿下這樣尊貴的人也不滌足的嗎？」

沈傲理直氣壯地道：「入鄉隨俗而已。」

鬼智環不禁搖頭，默默地掩門出去。過了一會兒，端了一盆溫水進來，小心翼翼地將沈傲的腳放入銅盆之中，臉上沒有任何扭捏地道：「五族在你們漢人眼裡雖是蠻夷，卻也不是藏汙納垢的地方。」

她的一雙玉手放入溫水中，恰好碰到了沈傲磨出水泡的腳心，長長的睫毛微微一顫，小心地擦拭了起來。

沈傲坐在榻上，難得地享受著這片刻的溫柔。舒服地洗淨了腳，鬼智環爲他輕輕擦拭之後，沈傲才手枕著頭睡下。

鬼智環彎下腰來用毛毯給他蓋住了身子，二人的目光觸碰了一下，很自然地分開，都是裝作順理成章，似乎為了令自己不覺得拘謹。

沈傲老實地躺在榻上，眼睛一眨一眨，突然道：「環兒小姐，我又想起了一句話。」

鬼智環嗯了一聲，給沈傲放下帷幔，沈傲隔著帷幔道：「普天之下莫非王臣這句話我也說過，是不是？」

鬼智環啐了一口，道：「貪得無饜。」人已悄悄掩門出去。

沈傲吁了口氣，舒服地閉上眼睛。

所謂普天之下莫非王臣，這句話若是和「莫非王土」一樣的話，那麼道理上來說，鬼智環也屬於沈傲的私囊之物了；沈傲心裡暗道可惜，眼睫毛顫抖幾下，安靜地睡了過去。

起來時，也不知到了什麼時候，屋子裡已經點起了油燈，沈傲睜開眼，見屋內一個人都沒有，愜意地打了個哈欠，翻身坐起。

沈傲披著衣衫從屋子裡出來，仍是不見鬼智環的身影，卻有一個校尉在樓外徘徊，沈傲故意咳嗽一聲，接著咯吱咯吱用靴子踩著木梯子下樓。

那校尉見沈傲出來，立即奔過來，曖昧地朝沈傲一笑，隨即正色道：「殿下，那個客商已經抓住了。」

沈傲漫不經心地道：「說了什麼？」

「說是宜陽侯下的命令，還說是王爺先阻了他們的財路，他們才出此下策。」

沈傲淡淡道：「果然是他們。」隨即又道：「人呢？」

校尉道：「人已經關押起來，看看殿下要如何處置。」

沈傲正色道：「不必留了，殺了吧，本王要一個客商有什麼用？要對付那宜陽侯，還得需要什麼證物?!」

說罷，撇了撇嘴，見校尉還逗留著不走，沈傲皺眉道：「還有什麼事？」

校尉站直身子，訕訕道：「哦，沒有，卑下這就去辦。」說著，飛也似地落荒而逃。

沈傲輕輕斥責了一句：「沒頭沒腦的傢伙。」

他精神抖擻，看到天色已經不晚，卻發現自己竟是無所事事，於是閒步到了上坪。看到一路的石階，毫不猶豫地走上去，那座幽深的大殿燭影閃爍，沈傲舉步進去，恰好與鬼智環撞了個滿懷。

鬼智環連忙後退一步，朝沈傲點頭致意，低聲道：「殿下醒來了？」

沈傲笑道：「倒是環兒小姐沒有睡。」

鬼智環的俏臉上不可避免地嫣然一紅，這話的意思倒像是沈傲在床上等她睡覺一樣，淡淡地道：「殿下說笑。」

沈傲進入殿中，殿裡還是老樣子，身後的鬼智環道：「殿下，其實那銀環是真的，對不對？」

沈傲回眸看向鬼智環，微微笑道：「環兒小姐果然聰明。」

鬼智環沉默了一下道：「當時我已經有幾分猜疑了，這聖物並不一定是像傳言那樣是千年的古物，或許是兩百年前流傳下來的也不一定，只是當時沒有把握。」

沈傲深望著她，道：「不是沒有把握，只是環兒小姐的心裡也同樣希望那銀環是假的。」

一語說中了鬼智環的心事，鬼智環嫣然一笑，抿了抿嘴道：「鄉老們已將詔令傳達下去，從明日起，分佈在山中各處的橫山騎衛就會集結在一起，殿下打算什麼時候領軍北上？」

談起了公務，沈傲立即綳起臉來，道：「自然是越快越好。」

鬼智環頷首道：「小女子和兩萬橫山精騎就交給殿下了。」

沈傲當然不會認為鬼智環這句話的意思是要以身相許，只是驚愕地道：「怎麼？環兒小姐也要北上？」

鬼智環按住腰間的短刀，眼眸中生出些許媚態，嘴角彎彎勾起道：「怎麼？難道殿下以為我只是個女人嗎？」

沈傲上前一步，見她露出英武的姿態，不禁道：「在我眼裡，環兒小姐只是一個女人。」

鬼智環吁了口氣，道：「可是在環兒眼裡，卻不知殿下是什麼人？」

沈傲豈會不明白鬼智環的言外之意？自己在她眼中的變化實在太快，每一張臉孔都不相同，鬼智環從前戴著鬼面，可是在她眼裡，沈傲又何嘗沒有戴著一張面具？她又怎麼知道到底哪一張臉是沈傲的真容，哪一張是用來矯揉造作的面具而已？

沈傲呵呵笑起來，拍拍胸脯道：「我是男人！」

兩萬三千多騎兵從各處平原集結，這些彪形漢子平時放牧，可是一旦提起了戰刀，立即變成了無畏的戰士。各族的勇士待命已久，沈傲帶著鬼智環和一干校尉在各營巡視。

到了第四天清晨，糧秣已經備齊，先行運送出去，詔命也下達各路州府，讓沿途州府準備犒勞的物資。

晨風習習，橫山正中位置，一馬平川的平坦草場上，沈傲飛馬在兩萬多人的隊伍中打馬而過。這些人見到沈傲，有狐疑，有冷漠，也有敬畏。沈傲的聲名早已傳揚開去，已有不少勇士生出折服之心。

沈傲振臂一揮：「出發！」傳令兵傳出命令，馬隊沿著出山的路口前行，隊伍迤邐開來，宛若長蛇。

鬼智環騎在馬上英姿颯爽，那妙曼的身姿穿著一身皮甲，身後的火紅披風迎風飄揚，很是惹眼，她的臉上仍然戴著鬼面，使整個人多了幾分令人敬畏的氣質。

銀州的大軍還未撤去，到山口的時候，便看到一覽無餘的草場上數十座大營就地安紮，等沈傲帶著校尉們從山中出現時，便有數十個大小官員膽戰心驚地跪在馬下迎接，紛紛道：

「下官救護王駕來遲，請攝政王殿下恕罪。」

沈傲淡淡一笑，在馬上道：「都起來，和你們沒有關係，本王現在也活得好好的，把這裡的大軍撤了，順便知會契丹，大宋，讓他們撤除軍馬。」

一干官員們心感僥倖地道了句殿下聖明，便各自去傳達沈傲的詔令。

大軍在銀州並沒有逗留太久，一路北上，速度卻是極快，沿途的州府都有糧草供應，因此所帶的輜重並不多，並不會因此而拖累了行程。

這時，祁連山的消息終於傳來。女真人破了幾處邊關，並不貪功冒進，而是沿途派出許多騎兵入關滋擾，將大軍屯駐在祁連山東麓。與此同時，西夏邊軍的軍心已經大亂，屢屢與女真交戰，竟是連戰連敗，再加上有不少軍將率部歸降，整個邊關幾乎已經失去了屏障的作用。

對付女真人，城池和關隘的作用極大，在曠野上與女真騎兵對決，在各國看來，與送死並沒有什麼分別。契丹的騎兵曾經也強盛一時，在各國之中，實力不容小覷，可是幾十萬鐵騎，竟是被女真人一擊即潰。殺到後來，竟是到了心驚膽寒的地步，之後，契丹與女真人交鋒，就再不敢在曠野上決戰，只敢龜縮在城池中堅守。

而眼下的西夏，卻面臨著一個極大的危機，就是邊關城塞的作用已經消失殆盡，幾處關隘攻破，大量邊軍的投降，西夏在女真人眼裡，已經門戶大開。

要想堵住這股洪流唯一的辦法，就是在祁連山一帶的廣闊平原，與女真鐵騎硬碰硬，不抱任何僥倖的可能。

北關的百姓已經大量開始南逃，甚至不少官員掛印而去，恐慌的情緒遍佈每個人的心頭，而大量的流言也讓時局變得糟糕透頂。

在西夏其他各州府，由於流民的大量擁入，也滋生出無數的問題，一些勢力蠢蠢欲動。可以毫不猶豫地說，即將到來的一場決戰，已經關係到了整個西夏的存亡。西夏是沈家的，沈傲的血脈將在這個王國延續，值此存亡關頭，沈傲不去拼命，就沒人肯拼命了。

大軍夜宿在營地，沈傲在大帳中擦拭著尚方寶劍，這柄寶劍伴隨他已有一年的時間，或許再十天，或許再半個月，最遲在三月的時候，沈傲就要拿著它，去做他人生最大的一次賭博。他不能承受失敗，不勝，就寧願與西夏共存亡。

大戰在即，難免有些緊張，帳中冉冉紅燭靜謐的燃燒，燈火在搖曳，牛皮做的帳子時不時被夜風嗚嗚吹開一角，灌進些許夜風。

用綢布沾了水，擰乾之後，再輕輕在劍刃上摩擦，長眉之下，一雙清澈的眼眸若有所思。沈傲吁了口氣，突然拋下劍，整個人歪倒在榻上。

「那時候的日子真快活！」這廝不禁感慨了一下。

正在這個時候，帳外傳來一個咳嗽聲，接著是一個清脆的聲音：「殿下睡了嗎？」

沈傲翻身坐起，嗯了一聲。帳簾捲開，鬼智環輕盈地走了進來。

鬼智環還是戴著那個鬼面，穿著皮甲，對沈傲道：「殿下，斥候已經回來，前面五十里處便是盧興橋，只是那裡的流民甚多，明日過去時只怕要耽擱。」

沈傲聽到流民兩個字不禁頭痛，西夏上下對女真人的恐慌已經達到了極點，現在到處都可以看到南逃的流民，甚至有些遠離邊關的地方，照樣有人攜家帶口逃難。這種情緒又不能制止，只能下詔讓各州府儘量收容。

見沈傲皺起眉，鬼智環揭開面具，怡然地與沈傲同榻而坐，一雙眼眸看著他，徐徐道：「殿下又煩惱了嗎？」

沈傲苦笑道：「千頭萬緒，就看這一戰了。」

鬼智環輕笑道：「那麼殿下是怕了？」

沈傲吁了口氣，道：「當然怕，爲什麼不怕？我是讀書人，秀才遇上兵，豈能不怕？」他說得理直氣壯，倒覺得自己害怕還該有獎賞一樣。

他繼續道：「可是在別人眼裡，本王不能怕，本王應當談笑自若，應當雄姿英發。成日裝出這個樣子來……」沈傲雙手掩面揉搓著臉，隨即抬起頭來道：「好痛苦。」

鬼智環淡淡一笑，彷彿觸動了心事，抿嘴道：「我又何嘗不是這樣？可是我對殿下有十足的信心，殿下是天子驕子，定能旗開得勝。」

沈傲反倒笑了起來：「你爲什麼這樣有信心？」

鬼智環難得露出幾分俏皮之色，道：「因爲你是我見過最喜愛、也是最討厭的男人。」

沈傲不禁苦笑，最喜愛和最討厭？這兩個詞很搭嗎？

鬼智環長身而起，撿起沈傲拋在几上的尙方寶劍，小心翼翼地裝入劍鞘之中，隨即盈盈蹲在沈傲的榻下，仰起臉來，那如星芒一樣的眸子盯著沈傲，玉手微微將尙方寶劍抬起，道：

「千百年之後，天下一定會流傳起一個傳說：西夏的攝政王君臨天下，王劍所指，就像舉起烈火來燒蓬草，傾覆滄海沖刷一切，無人能夠抵擋。他有大山一樣的氣概，廣袤的草原不能容納他的仁德，天邊的雲彩所覆蓋的地方，也不足以彰顯他的武功。殿下，祁連山一戰，不過是你小試鋒芒的開始而已，你受命於天，尊貴無比，多智而果敢，難道會畏懼大漠裡的強盜和匪徒嗎？」

沈傲不禁動容，看到舉在自己胸前的尙方寶劍，忍不住伸手去按住劍柄，將寶劍抽出一寸劍身，生出萬丈豪情道：「還有一個傳說，你忘了說。」

鬼智環淡淡一笑，星眸中閃過欣慰，道：「請殿下示下。」

沈傲注視著她，輕輕撫摸她的秀髮，道：「西夏王會在這裡遇到一個最美麗的女族長，女族長有鵝蛋的臉龐，有如脂的肌膚，有一頭烏黑的秀髮，她板著臉，只是害怕自己笑出來的時候太過美麗，傾國傾城。」

沈傲繼續道：「西夏王和女族長一見傾心，將來生出許多孩子，大女兒叫沈招弟，二女兒叫沈再招弟，三女兒叫沈他娘的繼續招弟，四女兒叫沈他娘的爲何沒有弟，五女兒叫沈淚流滿面招弟……」

鬼智環嫣然一笑，起身道：「殿下，早些歇了吧，大戰在即，何必胡思亂想。」說罷，戴上鬼面，不待沈傲反應，輕盈地走出帳去。

沈傲一時無語，突然笑了笑，將尚方寶劍慎重放好，手枕著頭繼續睡下，咬牙切齒地道：「若是六女兒，就叫沈你個賊老天。」

第九十八章 征服者的遊戲

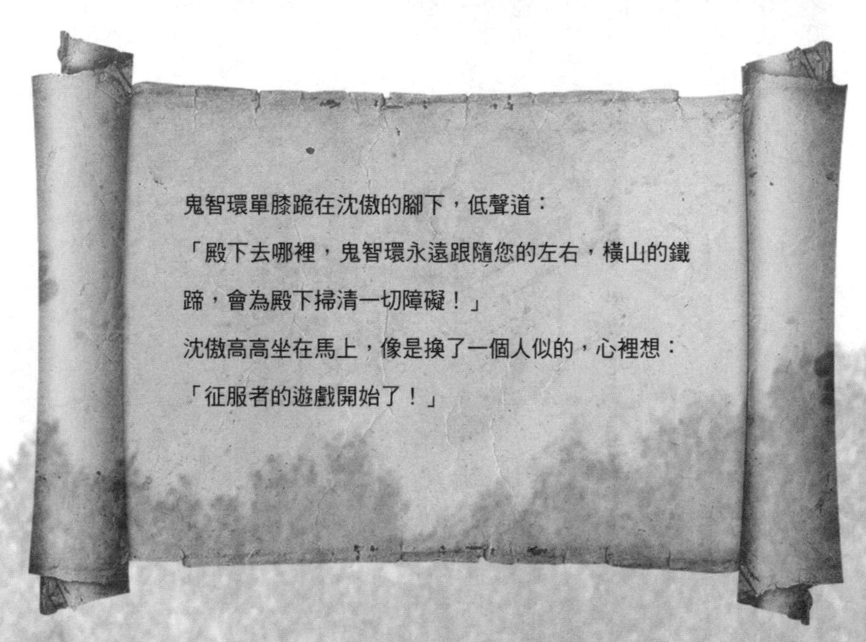

鬼智環單膝跪在沈傲的腳下，低聲道：

「殿下去哪裡，鬼智環永遠跟隨您的左右，橫山的鐵蹄，會為殿下掃清一切障礙！」

沈傲高高坐在馬上，像是換了一個人似的，心裡想：

「征服者的遊戲開始了！」

第二日清晨，穿了鎧甲的沈傲精神奕奕地從大帳中出來，騎軍已經撤了帳篷，在旌旗下彙聚，繼續趕路前行。

沈傲打馬來到鬼智環的身邊，道：「環兒姑娘好。」

鬼智環的鬼面上看不到表情，可是眼眸中卻有幾分波動，朝沈傲頷首道：「殿下精神好了許多。」

沈傲神采飛揚地道：「這是自然，西夏王的成名之戰就在眼前，難道還能偷懶嗎？」

鬼智環發出銀鈴般笑聲道：「殿下能這樣想，實在再好不過了。」

沈傲眨了眨眼睛道：「昨夜我做了一個夢。」

鬼智環打馬與沈傲並肩而行，低聲道：「殿下的夢，莫非是蕩平女真嗎？」

沈傲搖頭苦笑道：「我夢到我們的第九十九個女兒出世，當時嚇了一跳，便脫口爲她取了個名兒，叫……」他很不好意思地道：「叫沈你妹。」

鬼智環呆滯了一下，隨即坐在馬上咯咯笑起來。

一旁過去的騎兵第一次看到鬼智環這樣放肆地笑，都好奇地朝這邊看過來，鬼智族長一向不苟言笑，這是族中人所共知的事，這時見鬼智族長這般，均是滿腹狐疑。

鬼智環似是被人看得不好意思，好在有鬼面遮擋，雙肩微微一震，便恢復了常色，美眸看向沈傲道：「殿下的心思真讓人看不懂。」

沈傲湊近她，低聲道：「其實我還有個心思，一直想說又說不出口。」

鬼智環彷彿知道他要說什麼，撥開馬去，朝向一望無際的曠野飛馳。

沈傲追上去，離開了大隊，身後的十幾個騎兵校尉一時也不知該不該追。還是一個隊官鎮定地道：「殿下神蓋世，一個小女子還不是手到擒來？不必理會。」

這神到底指的是什麼，就讓人摸不透了，大家也都不再理會，繼續趕路。

到了曠野上，遠處竟是一叢叢鮮花，鬼智環嚇得花容失色，立即勒住了馬，又撥馬回頭，恰好與沈傲撞到。

沈傲看向滿山遍野的野花，心知她不能靠得太近，呵呵笑道：「我還道環兒小姐要跑到天邊去。」

鬼智環幽幽道：「我去了天邊，你也會追來嗎？」

沈傲搖頭道：「我還有很多事要做，只怕走不脫。」

鬼智環一時黯然，美眸好不容易閃出來的亮光頓然黯淡下去。

沈傲遙望著天穹，繼續道：「可是不管你去哪裡，我會在窗臺上放一盆紙花，看著花，就想起那個愛花又怕花的美麗女子。」

鬼智環呆了一下，昂首道：「西夏王將來必定疆域無邊，到了那個時候，不管是到了天涯海角，我都是你的臣子。」

沈傲黯然搖頭，道：「這可不一定，疆域無邊對我有什麼意思？」他遠眺著在風中搖曳的花草，道：「我志不在此。」

鬼智環揭開鬼面來，深望了沈傲一眼，卻是無比肯定地道：「會有這一日的，許多事，大多數時候都是身不由己。」

這眼神，看得沈傲有些不舒服，不由刻意去躲避她的目光。

越是北走，大量的流民在官道上出現得就更頻繁，甚至還有些許敗兵出現，這些敗兵眼中無神，抓來問了話，才知道是一些不肯爲虎作倀的軍卒，又沒有與女真人交戰的膽魄，只好私逃出來。

沈傲聽了，唯有一陣苦笑，不戰而屈人之兵，女真人確實不是輕易能惹的。

不過消息還沒有到太壞的地步，馬軍司、武備校尉、明武武士、驍騎營、先鋒營等各路軍馬足足三萬人還屯駐在狼堡一帶，烏達和李清二人都很有默契地沒有選擇出擊。

那狼堡其實不過是邊關之後的一處關隘，孤立在祁連山草場下風口位置，緊靠邊關，又是金人南下的重要通道；金人南下，若是不拔出狼堡這棵釘子，側翼和後隊隨時有被攔腰截斷的危險，所以不拔出狼堡，女真人有天大的膽子也不敢南下。

可是女真人的動向十分奇怪，既然破了關隘，卻步步爲營，根本不去理會狼堡的威脅，這與女真人的作戰風格大相迥異。

沈傲與鬼智環提及此事時，鬼智環幽幽道：「只有一個可能。」

沈傲看著她臉上的鬼面，這時也不覺得可怕了，淡淡地道：「你說。」

鬼智環道：「女真人在等殿下。」

這個答案乍聽不可思議，可是很快，沈傲卻完全相信了。女真人知道自己一定會去，自己是女真人眼中最嫉恨的敵人，他們在等待西夏的精銳集結起來，要將沈傲和他的大軍一舉擊潰。

換做是別人，這種有違用兵常識的舉動，或許沈傲不相信；可是換了女真人，沈傲信了，女真人要正面將自己擊垮，擊垮了自己，整個西夏的信心也就土崩瓦解，他們有這個自信。

沈傲冷冷一笑，整個人坐在馬上，散發出一種令人不敢逼視的氣勢，一手按著腰間的尙方寶劍，一手勒著馬韁，向北方極遠的地方眺望。地平線上只有模糊的土丘影子，他淡淡道：

「那就讓本王親自爲他們送葬！傳令，召集衆將。」

一處小山丘上，從這裡可以看到蜿蜒的馬隊曲折的前行，一直延伸到目力所及的最遠方。

幾十個橫山軍將校圍攏過來，沈傲叫人打起自己的王旗，黑色的旗幟獵獵作響，旗幟上一條金龍似要直沖雲霄。沈傲拉出腰間的長劍，冷眼四顧，用一種低沉的聲音道：「你們爲什麼來？」

眾人面面相覷。鬼智環淡淡地道：「保家衛國，還有殿下所說的不凡成績！」

沈傲虎目橫視了其餘將校一眼，道：「你們呢？」

將校們遲疑了一下，紛紛道：「爲了不凡的成績。」

沈傲安撫著躁動的戰馬，望向天邊：「偉績就在眼前了，跟著本王，本王在哪裡，你們就在哪裡，橫山軍會撕破女真人的陣線，用殺戮告訴他們，誰才是世上最彪悍的鐵騎。」

沈傲的眼眸中閃爍著寒芒，目光在每一個人的臉上掃過，正色道：「要做到這一點，你們必須忠誠。向本王效忠，本王給予你們一切，土地、牛羊、威望，本王帶著你們去威震天下！」

鬼智環不急不徐地翻身下馬，單膝跪在沈傲的腳下，低聲道：「殿下去哪裡，鬼智環永遠跟隨您的左右，橫山的鐵蹄，會爲殿下掃清一切障礙！」

將校們再不遲疑，紛紛翻身落馬，單膝跪下，重重地行了個胸禮。

沈傲高高坐在馬上，像是換了一個人似的，心裡想：

「征服者的遊戲開始了！」

祁連山南麓如今已是荒無人煙，附近游牧的牧民早已逃散，取而代之的，是一隊隊女真斥候。

靠著山隘陰處，是連綿的營地，這營地簡陋卻極有秩序，哪一處是營地，哪一處是馬棚，還有堆積糧草、馬料的庫棚，都是錯落有致，絲毫不亂。

牛皮做的大帳篷裡，七八個穿著西夏鎧甲的人鑽進去。這幾個人一入大帳，立即跪下，朝帳中首位上的彪形大漢行禮。

彪形大漢只穿著皮甲，露出鼓鼓的肌肉，黝黑的臉上，一雙眼眸格外有神，他如一座小山丘一樣坐在馬上，濃密的鬍鬚還殘留著酒漬的痕跡。

他蔑視地看了卑躬屈膝的夏軍降將一眼，隨即哈哈一笑，道：「坐！」

完顏圖圖是個可怕的男人，曾徒手與最桀驁的猛虎搏鬥，也是完顏阿骨打帳下最勇猛的將軍。三萬鐵騎再加上兩萬役夫，這一路過來，暢通無阻。破關之後，他卻突然停了下來，除了著手對各處關隘的夏軍招降和放出斥候打探消息之外，他沒有任何的動作。可是帳中的人都知道，一旦完顏圖圖有了舉動，就是長劍出鞘，刺破虛空的時刻。

完顏圖圖高高地坐在位置上，喝了一杯美酒，隨即聲若洪鐘地道：「招降的事宜如何了？」

幾個降將臉上浮出畏色，顯然並不順利。願降的早就降了，那些死心塌地的，也不是幾句言語能夠說動。

完顏圖圖冷冷一笑，不以爲意地道：「既然不識抬舉，那就給他們顏色看看。」他的拳頭重重砸在酒桌上，惡狠狠地道：「斥候來的最新消息，沈傲來了！」

聽了這話，帳中的女真將領紛紛意動，完顏阿骨打已經頒佈了賞格，誰取了沈傲的人頭，便敕爲大金第一勇士，如此榮耀，對這些勇士吸引力十足。

完顏圖圖虎目一睁，道：「我們等的就是這一天，擊垮他們的援軍，殺死沈傲，西夏就唾手可得，而他加在我女真身上的屈辱……」他頓了頓，高聲道：「成爲我們勇士的證明！」

帳中殺氣騰騰，許多人高吼道：「殺！」

完顏圖圖的眼眸閃爍著貪婪的目光，繼續道：「最多三天，三天後，他就要來了。等了這麼久，也該和他做個了斷。巴圖駭……」

一個矯健的將軍從案中走出來，低沉著聲音道：「將軍有何吩咐？」

完顏圖圖齜牙一笑，露出森森牙齒道：「下戰書！」

草原上，到處是斥候在游戈，有邊軍，有女真人。祁連山，已經成爲天下關注的焦點，可是這時候，卻是出奇的平靜，平靜得有些不太像話。甚至是斥候們撞見了，也大多遙遙對峙，卻都不肯舉刀衝殺。

艾水湖的湖水波光粼粼，這湖泊連綿數十里，滋養著附近的水草，在湖泊的兩端，恰好成了狼堡和女真騎軍的駐地。

一隊斥候正沿著湖畔打馬而過，越是靠近湖泊的地方，水草的黏度就越高，戰馬踩進去，立即形成馬蹄大小的水窪，好在這水草的韌性十足，所以也不擔心陷入泥地，只是走起來會顛簸許多。

爲首的一個斥候隊官，腰間插著儒刀，胸前是一枚儒章，戴著鐵殼的范陽帽子，脖子下戴著紅巾，整個人筆挺地坐在馬上，隨著座下戰馬的抖動而調整著自己的坐姿。他的軍靴踩在馬鐙上，動作很是標準，後隊的斥候只消看坐姿，就知道這隊官是從哪裡來的。

這繃著身子的校尉叫夏言，一個很文弱的名字，其實若是仔細端詳他的臉，就能從這張堅毅的臉看出仍然有幾分書卷氣。

夏言在武備學堂讀了兩年，就直接肄業分配到馬軍司，隨即到了西夏，立即成了三十六路斥候隊的一名隊官，他的任務很簡單，巡視艾水湖湖畔，防止有女真人埋伏。

這個命令說起來有些讓人摸不著頭腦，女真人處在大漠，善於騎馬，可是讓他們泅水設伏，卻是天方夜譚。不過，馬軍司的指揮和別處不一樣，別處都是憑著經驗和直覺去佈置防務，可是馬軍司作爲武備學堂徹底掌控的力量，所以他們制定的佈置防務任務教條得很。有湖就該派出斥候，這也是學堂裡的教頭們說的，既然說了，就必須考慮到這一點，就算女真人都是旱鴨子，也要派出斥候。

所以半個多月以來，夏言的任務是最輕鬆的，每日清早起來，便立即帶著本隊的兄弟從狼堡中，沿著這湖畔來回巡弋，別處的斥候，或許還能碰到女真的零散騎軍或者斥候，可是在這裡，卻是一個鬼影都看不到。如此反覆，連隊中的斥候都覺得膩煩。

也只有夏言這個愣子，按部就班，既沒有埋怨，對隊員的埋怨也不說什麼，只是日出出營，日落回營。

進了馬軍司的，哪一個騎射功夫都不弱，至於夏言的騎射功夫就更高超了，十有八九，他弓弦一出，就可以將野兔子釘死在地上。不過許多時候他並不出手，而是讓隊中的下屬去射，趁機訓練一下他們的弓騎手段。

這時，天色已經不早，夏言對這裡的地段和時間大致已經掐準，知道再走一炷香，就可以到達女真大營最近的一處蘆葦叢，在那裡，若是從高地上看，就可以看到祁連山和山腳下女真營地中點點的篝火了。

不過他們不會再繼續前進，而是立即打馬回堡，逗留的時間絕對不能太久，否則天色完全暗下來，在茫茫的草場上很容易就失去方向。

正在這個時候，隊中的一個騎士突然指向遠處，道：「看，那是什麼？」

夏言舉目眺望，看到女真大營的方向，轟隆隆數十個騎兵飛馬過來。

夏言倒是不驚訝，身為斥候營的隊官，撞到敵人的斥候是常有的事，甚至可以用家常便飯來形容。只是他們所巡視的路線實在有些偏僻，平時都見不到女真斥候，怎麼這個時候卻突然來了這麼多人？他目中生出警惕，抖擻精神道：「靠近些去看看。」

他帶著十幾個騎士飛馬朝對方靠近，對方顯然也發現了他們，也朝這邊奔過來，借著昏黃的光線，夏言立即感覺到一點不對勁，對方不是斥候！學堂裡教授的知識和軍中的歷練，立即讓他產生這個想法。

正如教頭所說的那樣，斥候隊與騎隊不同，比如馬匹，騎隊更側重的是穩重的戰馬，耐力對騎隊很重要；而斥候的座馬往往會神駿一些，雖然重耐力，可是爆發力卻更重要，因為斥候隨時可能會遇到敵人，而他們的目的是立即脫出重圍回去報信，所以往往斥候們都會挑選後者的馬匹，平時巡視時走的並不快，以蓄養馬力，等到出現突發情況，就可以借助駿馬的短暫爆發力與對方拉開距離。而眼前數百丈之外的女真騎兵，座下的戰馬雖然遠遠看不真切，可是看他們全力奔跑的速度，明顯與斥候的戰馬不同。

除此之外，斥候往往不會帶太多的武器，也不會穿上厚重的甲片，大多數甚至連皮甲都不穿，這是爲了減輕自身的重量，也是減少戰馬的負擔。對方的騎兵卻是穿著皮甲，刀槍弓箭齊全，明顯是全副武裝。

夏言皺起眉，警惕地勒住馬，座下的戰馬人立而起，後蹄幾乎要陷入泥濘的水草中去，希律律一聲，人馬一併頓住。他悄悄取出了身後的弓箭，高聲道：「取弓。」

身後十幾個騎兵立即取出弓箭來，默默的停住了馬，聚攏在夏言身後。

女真騎兵仍在不斷靠近，這也違背了斥候的常理，斥候的作用不是作戰，只是觀察而已，不管是哪國的斥候，都遵循著這個道理，就算遇到了對方的斥候，也會保持在一定的距離下相互打量，以確定他們到底只是遊弋的孤騎，還是大軍探路的先鋒，在這個基礎上做出判斷之後，再各自回去回稟。

「不好，不要讓他們靠近！」在女真人突入兩百丈距離的時候，夏言立即察覺到了異樣，對方氣勢洶洶，甚至已經抽出了身後的弓箭，還有人取出了戰刀，這是要動手搏殺的信號。

對付這種敵人，夏言立即成了整個騎隊的主心骨，開始隨著夏言斜著勒馬衝出去。

他們的馬爆發力快，斜衝出去，恰好在對方射程之外。

趁著對方取箭的功夫，夏言大喝一聲：「緩馬，回射！」戰馬微微一頓，調慢了馬速。後面的女真騎兵急急追來，十幾人一齊在戰馬的跑動下旋過身，用腿夾緊戰馬的腹部來保持住身體的平衡，彎弓指向後面追趕的女真騎兵。

隨即嗤嗤聲響起，弓弦顫動，十幾支利箭宛若流星在半空劃過半弧，射入女真騎隊，霎時，一個女真人從馬上跌落下來。

夏言和隊中夥伴忍不住發出歡呼，卻不敢逗留，立即加快了馬速，快速前奔。

女真人大怒，七八個帶了弓箭的女真人彎弓射去，雖然一箭射中了前方的一個馬軍司斥候，可是強弩之末，只是傷到了皮肉，讓他們輕易逃脫了出去。

夏言見對方射了一輪，也是膽大無比，大喝一聲：「四十五度斜衝，那邊是順風！」

十幾匹戰馬立時一齊做了個高難度的疾馳中改換方向的動作，與女真人距離百丈平行錯身，隨即十幾人一齊彎弓，又射來一蓬箭雨，這一次倒是沒有射中女真人。可是任誰都知道，戰鬥的主動權完全掌控在馬軍司斥候隊的手裡。

女真人顯然沒有想到對方竟是如此厲害，都露出不可思議的神色，這時，他們的血氣也湧上來，瘋狂地斜衝過去，想要靠近對方。

女真人雖然也善騎射，可是真正的優勢卻是衝鋒陷陣，對這種繞圈圈的打法並不熟悉，甚至十個女真人裡，真正佩戴弓箭也不會超過三個，大多數嫌這東西是累贅，只有在對付步卒的時候才肯用。至於對付騎兵還是衝鋒爲主，畢竟在戰馬高速奔跑的情況下，要射中飛速移動的目標，即便是他們慣於在馬背上的民族也達不到這種水準。就算偶爾有一些勇士能做到，畢竟只是少數。

可是校尉和馬軍司騎兵不同，他們從入營開始，除了每日在馬上鍛煉操縱戰馬的能力，就是不斷的引弓射擊，射箭靶、射雞鴨、甚至有的教頭捨不得收購雞鴨來讓他們糟蹋，就讓他們卸下了箭矢上的箭簇，分成兩隊相互策馬飛射。

如此操練，自是苦不堪言。可是這時候，優勢卻發揮出來，只要不讓女真人靠近，這些遊騎立即就永遠可以立於不敗之地。

幾回合下來，激動的夏言漸漸發覺自己對戰鬥的節奏已經有了幾分把握，許多學堂裡的知識融匯到真實的處境，也很快琢磨出了許多心得，一邊領著斥候專門射擊對方的弓手，一面在計算好對方準備射擊的時候帶隊儘量遠離對方，並且牢牢占住順風的位置，幾輪下來，竟在不折損一人的情況之下幹掉了四個女真騎兵。

女真人見狀，也是大駭。這種小規模的戰鬥，他們是第一次遭遇，誰曾想到對方竟對騎射精通到這般的地步，爲首的一個魁梧頭目無奈之下，只好招招手，這幾十個騎兵勒了馬頭倉皇向大營逃去。

夏言並不追擊，而是勒馬到女真人的屍體上，叫人搜檢了一下。四具屍體，取了他們的刀槍弓箭，牽了他們的戰馬，還搜索出一點碎銀，其中，一封信落到了夏言手上。

這貼身收藏還帶著溫熱體溫的信箋上，寫著兩個歪扭的字跡——

「一戰」

「殿下威名遠播大漠，完顏圖圖奉我主之命遊獵西夏，殿下可否賜教？」戰書的內容很是彆扭，言辭還算客氣，可是卻是挑釁意味十足。

夏言收了戰書，這才恍然大悟，難怪在這裡會遭遇這些女真人，想必他們就是去送戰書的，往這條路去狼堡距離最近，走這條路倒也情有可原，只是半途撞到了自己，見己方人少，才想趁機將自己這隊斥候吃掉，誰知卻是啃到了一塊硬骨頭。

夏言翻身上馬，看了看天色，道：「回去覆命！」一行人立即返程。

到了狼堡附近，便撞到了另一隊斥候，對方見了夏言，喜滋滋地道：「怎麼回來的這麼晚？營官見你們遲遲不歸，以爲你們發生了什麼危險，叫我們來接應。」

夏言身後的一個斥候神采飛揚地道：「撞到了幾十個女真人，被我們宰了四個。」說話之間，胸脯不禁挺了起來。

對方滿是羡慕地道：「殿下剛帶橫山軍到了，你們便立了功勞，可喜可賀。」

夏言驚訝地道：「殿下來得這麼早？」

「也是在傍晚時分來的，走吧，回去向營官覆命去。」

夏言與他們一齊向狼堡飛馳過去。

所謂的狼堡，其實不過是邊關的一處小型城塞，這裡當然容納不下如此龐大的軍馬，所以城塞之內並不駐紮軍馬，而是囤積糧草，而大軍則是分駐在狼堡附近，遠遠看過去，方圓十里之內，營帳連成一片，比鄰著艾水湖，連綿數里。

夏言先去見了營官，詳言途中遇襲的事，接著拿出戰書來，那營官見了戰書，不敢耽擱，立即去中軍大營稟報了。

過了一炷香時間，又趕了回來。這時候，夏言已經精疲力竭，回到自己的帳子裡去討了些熱水泡腳，營官衝進來，見了他劈頭蓋臉地道：「快，穿了靴子，跟我走。」

夏言呆了一下，不禁道：「怎麼，去哪裡？」

營官狠狠地拍了拍他的肩道：「殿下要親自見你，小子，說不定要論功行賞，一枚勳章只怕是少不了的。」

夏言聽了，連足都顧不上去纏了，直接光腳套了靴子，便隨營官而去。

到了軍營的轅門，這裡的防禁明顯森嚴了許多，三步一崗、五步一哨，都是戴著鐵殼范陽帽的校尉，看到夏言和一個營官前後出現，面無表情地將他們攔住道：「口令！」

這營官搓了搓手，有點發窘地道：「沈你妹啊。」

對方才放下戒備，呶了呶嘴，示意二人進去。

夏言快步跟上營官，一頭霧水地道：「『沈你妹啊』是什麼意思？」

營官一邊走一邊攤手道：「我哪裡知道？」

這時候，太陽落山，天空黯淡一片，星點的篝火從大營的四周點起來，二人到了中軍大帳，先叫人通報一聲，隨即有人道：

「請斥候營營官萬海和斥候隊隊官夏言入帳。」

二人聽了，立即挺直了身子踏步進去，有人為他們掀開帳簾，他們微微屈身，步入大帳。

數十盞油燈讓大帳內亮如白晝，左右有不少將軍，角落裡還有博士提筆在書寫什麼，偶爾也會有人進出，都是行色匆匆，低聲竊語，這裡占地不小，足足有方圓百丈，放置了不少的案牘，有人趴在案牘上看著什麼，還有人則是坐到一邊端著茶低聲說話。

這只是大帳的外間，靠裡面，還有一個小帳，帳簾是捲開的，想必攝政王應當是在裡面辦公。

其一個將軍模樣的人見了他們，朝他們頷首點了個頭：「是萬海和夏言？」

萬海和夏言立即長靴頓地，挺直身子道：「是。」

二人隨這將軍魚貫到了內帳，才發現這內帳也是不小，裡頭站著四五個人，圍攏著一個桌案上說著什麼，其中三個，萬海和夏言認識，是烏達、李清還有韓世忠，另外幾個有點眼熟，只是一時叫不上名字。倒是另一處角落是一處軟榻，軟榻上的人不是攝政王是誰？

這攝政王半躺在軟榻上假寐，床榻邊還站著幾個人，其中一個尤爲深刻，竟是個女子，臉上戴著恐怖的鬼面，若不是這裡人多，又是亮如白晝，只怕乍然一見，非嚇到不可。

引他們進來的將軍走到榻前，在沈傲的耳畔說了幾句，沈傲才睜著惺忪的睡眼坐起來，目光落在夏言和萬海身上，從榻上站起來，道：

「好啦，好啦，都來見見這位夏隊官。」

所有人停止了說話和動作，目光都落在夏言身上，夏言一時有些激動和緊張，更加挺直了身體，向沈傲道：「卑下見過殿下。」

沈傲擺了擺手，道：「叫你來，是讓你說說你們的戰鬥經過，不要緊張，慢慢說。」

沈傲穿著一身黑色的龍袍，繫著玉帶，頭頂著進賢冠，眼底有點黑眼圈，顯然有些睡眠不足，他按按手，示意大家坐下，自己則負手站著。他話音剛落，角落裡的一個博士立即提了筆，估摸著是要將夏言的話記錄下來。

夏言還從來沒有遇到過這種陣仗，一時說不出話，喉結滾動了兩下，睜著眼睛看著沈傲。

沈傲吁了口氣，道：「我像你這個年紀的時候，可比你膽大得多，就是見了陛下也是不怕的。」他輕鬆一笑道：「我只是你的師長，你不要顧忌，難道見了教官，你也是這麼沒有出息？」

夏言聽了他的話，也就放鬆下來，將戰鬥的經過詳細講了一遍，烏達、李清、韓世忠等人都聚攏過來認真地聽，有時也會問一些問題，如女真人爲何不占住順風的地形，或是女真的騎射如何。

夏言答得也很認真，一絲不苟地將當時的情況說明清楚，到了興頭處，還取了紙筆來將大致的位置畫下來，還有如何斜衝出去拉開距離，戰鬥節奏如何掌握，女真人的騎射實力，還有女真戰馬的特性等等。

大家聽著他說話，許多人都是捏著下巴一副深思的樣子。

李清這騎兵出身的教官抖擻精神道：

「這麼說，女真人的騎射功夫應當不及騎兵校尉，只怕連明武學堂的騎兵武士也不及，女真人擅長衝鋒陷陣，可是短兵相接的實力我們現在還摸不透，不過有一點可以肯定，若是有騎兵校尉用騎射去騷擾，應當不會出什麼差錯。」

他提筆在一張廢舊的草稿紙上畫了個簡易的陣列草圖，忘我地道：「步卒可以做誘餌，騎軍校尉、騎軍武士負責在兩翼騷擾，驍騎營和先鋒營可以試一試他們的鋒芒，至於……」

他抬眸看了不遠處的鬼智環，對這個古怪的女人淡淡一笑，隨即發現沈傲殺人的目光朝他射過來。他嚇得後脊發涼，心裡說，只是看看而已，攝政王何必這麼緊張？於是繼續埋頭道：

「至於橫山騎軍，可以作爲壓箱的殺手鐧。除了橫山軍，其餘的軍馬都用來消磨抵擋女真人的戰馬衝刺力和士氣，等時候差不多了……」他握了握拳頭，狠狠砸在桌案上道：「趁機一舉擊潰他們。」

烏達托著下巴道：「女真人一定會留下後隊，若是這個時候女真人的後隊衝殺過來又該如何？」

衆人又是若有所思，一直沉默的沈傲道：「那就把他們全部吸引過來，驕兵必敗，女真人驕橫慣了，只要惹怒他們，他們一定會孤注一擲。」

沈傲淡淡一笑道：「行軍佈陣你們最在行，可是煽風點火……哈哈……」他得意洋洋地道：「本王不是吹牛，天下之間，還沒有本王的對手。」

眾人大笑，連那鬼臉之後的鬼智環都發出輕笑聲。

沈傲又板起臉，對那記錄的博士道：「記錄完了嗎？」

博士落筆：「戰鬥的經過都記錄下來了。」

沈傲道：「頒發到各營去，讓他們琢磨一下，好讓他們把女真人的優勢劣勢比較出來。雖然只是一場小戰鬥，這經驗也是彌足珍貴。」

博士頷首點頭，吹乾了墨跡，拿著記錄的稿子到外帳去叫人抄錄幾十份。沈傲目光才重新落到夏言身上，板著臉道：「夏隊官，臨陣時你害怕了沒有？」

夏言呆了一下，憋著臉想搖頭，卻還是老老實實地道：「回稟殿下，夏言還真有幾分害怕。」

沈傲一副我就知道的樣子，嘆息道：「害怕也屬平常，畢竟你還年輕，本王不能用自己的標準去苛責你，難道本王會告訴你本王第一次殺人、第一次帶軍出征的時候，只有即將建功立業的喜悅和爲國爲民的高尙情懷？只有全然不畏生死榮辱的毅然決然？」

他拍了拍夏言的肩膀，感受到鬼智環的眼睛投射來的似笑非笑，故作世故地又是拍了拍夏言的肩道：「你下去吧，你和隊中將士的功勞，軍法司會去查核，只要屬實，一枚勳章是少不了的。」

夏言滿是欣喜地挺起胸脯，道：「是。」

第九十九章 讀書人做的事

沈傲撇了撇嘴，才又道：「可是世道艱難，本王又是讀書人，怎麼好意思做這等事？」

他的臉上沉默得可怕，聯繫到方才他切下人家耳朵的情景，只怕誰也不相信，他這個讀書人，會有什麼不好意思做的事。

送走了夏言和萬海，中軍大帳裡，許多人仍舊忙碌，烏達和李清幾個埋頭去整理方才的計畫外，一切又進入了有條不紊之中。

沈傲反倒是最清閒的，正如他自己所說，行軍打仗，他實在不懂，胡說八道他倒是在行，可是在這種環境之下，他臉皮縱然厚比城牆，也不好破壞氣氛。

鬼智環不知什麼時候貼近沈傲的耳畔，低聲道：

「殿下熱血沸騰和無所畏懼是嗎？」

這彎腰低語的動作親暱極了，立即引來不少人的側目。那李清手還指著桌上畫出來的草稿，眼睛卻是時不時地往這邊飛過來，烏達老臉有點吃不消，是以故意避嫌一樣刻意將目光移到他處，幾個執筆書寫什麼的博士從案牘上悄悄抬眸，眼眸閃爍。

沈傲厚著臉皮道：「仁者無敵，爲何我會如此奮不顧身，是因爲我對西夏愛得如此深沉。」說著，眼睛落在鬼智環的身上，低聲道：「尤其是西夏的美人沈你妹他娘親。」

鬼智環再不說什麼，只是淡淡地道：「我去巡營。」

這時候李清卻道：「鬼智將軍慢走。」他終於直起腰道：「大致的計畫已經有了，鬼智將軍也來聽聽。」

說罷，一行人聚攏到沈傲這兒，待李清說完計畫，沈傲向烏達道：「烏達將軍以爲如何？」

烏達道：「可以試一試。」

沈傲才道：「細節就由你們去辦了，本王不理這個。」他淡淡道：「那個完顏圖圖既然給我們送來了戰書，我們也該禮尚往來，前些時日不是抓了一群女真商人嗎？帶過來！」

須臾功夫，就有十幾個校尉押著一群女真商人進來，這些人顯然沒有少吃苦頭，見了沈傲，都是惡狠狠地瞪著，有的甚至抿著嘴冷笑。

沈傲站起來道：「就這麼讓他們站著和本王說話？」

校尉們會意，死死擰住他們的肩膀，狠狠踹向他們的凸肚，讓他們跪下。

沈傲抽出尚方寶劍，劍鋒貼在一個女真商人的臉上摩擦，慢悠悠地道：「兩國交戰，本不該牽累你們，今日讓你們回去給那完顏圖圖帶一句話吧。」

女真商人們冷哼，狠狠地在地上吐了口吐沫。

沈傲慢悠悠地道：「聽說完顏圖圖有個女兒？」

「哼！」劍鋒被貼著臉的女真商人重重悶哼一聲，一個校尉見他不老實，甩手扇了他一個耳光。

沈傲不理會這些，只是繼續道：「告訴完顏圖圖，讓他好好地上陣廝殺，他的女兒，本王養了。」說罷，手中尙方寶劍狠狠劈下，嗤……血流如注，一隻耳朵被生生削下來。

這商人淒厲大叫，痛得要暈死過去。

沈傲道：「全部帶下去，每人削下一隻耳朵，留個紀念。」

校尉們將這些商人押下去，沈傲繼續道：「寫一封戰書讓這些商人一併帶回去，本王念，周博士，你來記錄。」

角落裡一個博士立即提筆，只聽沈傲笑呵呵地道：「戰你妹！」

只是三個字，那行書的博士不由驚愕抬頭，看著沈傲。

沈傲道：「送去吧。」

那周博士只是微微點點頭，立即去辦了。

帳子裡燭火幽幽，沈傲提著血淋淋的劍，目光落在每個人的臉上，幽幽道：「本王平生最大的志願……」

眾人知道沈傲又要說一些大道理，無非是爲國爲民、馬革裹屍之類，不過攝政王的話，卻沒人敢打斷，都是一副側耳傾聽的樣子。

沈傲繼續道：「就是花別人的錢，住人家的房子，睡別人家的女人，走別人的路，讓別人無路可走！」

眾人愕然。

沈傲撇了撇嘴，才又道：「可是世道艱難，本王又是讀書人，怎麼好意思做這等事？」

他的臉上沉默得可怕，聯繫到方才他切下人家耳朵的情景，只怕誰也不相信，他這個讀書人，會有什麼不好意思做的事。

沈傲嘆了口氣，繼續道：「所以本王一直說克己復禮，便是要自己壓住心中的欲望。可是現在……」他的眼眸中閃過殺機：「女真人既然來了，他要來搶本王的女人、住本王的房子，花本王的錢，讓本王的子孫去做他的牛馬。世道艱難啊……」

沈傲又是嘆了口氣：「本王能坐以待斃？大夏能束手就擒嗎？」

他狠狠地將劍插在地上，嗤的一聲，劍鋒入土三寸，他抬起頭，無比堅定地道：「不能！」他的聲音變得高昂起來：「既然如此，本王要生存，要保護自己的家人，要讓大夏的子民不受豺狼的屠戮，就只好滅絕他們的血脈，搗毀他們的宗祠，搶光他們的牛羊，掠奪他們的土地，讓他們萬劫不復，永不超生！以牙還牙，以血還血，殺他全家，搶他娘的！」

「搶他娘的！」有人在人群中低吼一聲，連外帳辦公的軍官和博士也都湊了過來，聽了這人一吼，都大叫：「搶他娘的！」

殺他全家沒記住，倒是記得搶人家娘了。沈傲目光在人群中搜尋那率先喊搶他娘的罪魁禍首，最後發覺這種不安定分子實在太多，只好作罷，於是大吼一聲：「老娘何辜，不如搶他妹去。」

「搶他妹，搶他妹……」

金軍大帳，十幾個商人匍匐在地，凝在耳上的血跡殷紅觸目，地上到處都是砸爛的酒瓶碎片，一個憤怒的女真將軍，硬是生生拔出刀來，將酒桌劈成了兩半。

完顏圖圖卻是端坐不動，臉色猙獰，眼睛不定地看著座下的商人，一字一句地道：「他們還說了什麼？」

一個商人道：「還說……還說，圖圖將軍有一個女兒……」

完顏圖圖狠狠握緊了拳頭，厲聲道：「不必再說了！」他霍然站起來，冷冽一笑道：「沈傲這樣做，是要激怒我。」他森然一笑道：「不過……，他做到了！傳令，明日清晨，全軍出擊！」

「遵命！」兩側的軍將躍躍欲試地一齊大喝。

軍馬調動的嘈雜聲一直傳到中軍帳來，軍靴踩在地面的咯吱作響聲，吵得沈傲在內帳不能入睡，一大清早就睜開了眼睛，趿鞋起來，覺得喉嚨有些乾，大叫一聲：「來人！」卻是鬼智環走了進來。

鬼智環揭了鬼面，露出動人的姿容，淡淡一笑，道：「殿下，全營都起來了，唯有你還在賴床。」

沈傲搖搖頭，道：「有水嗎？」

鬼智環去取了茶來，沈傲喝了一口，才道：「現在是什麼時候？」

「卯時三刻。」

沈傲看到帳外透著淡淡的晨光，不由道：「不晚了。」

鬼智環將披掛在牆壁上的鎧甲拿來，為沈傲穿上，一面道：「殿下是第一次上陣殺敵？」

沈傲呵呵一笑，道：「忘了，反正上了很多次。」

待鬼智環替他繫好了披風，他不禁環抱住鬼智環的腰身，道：「一個讀書人，上陣殺敵之前，借你的肩膀靠一靠算不算過分？」

他的眼睛一眨一眨，眼睛很清澈、很純潔，讓人見了，就像是一張白紙一樣，沒有一點污穢的痕跡。

鬼智環本想讓出身子，不讓他得逞，可是看到他的樣子，不禁輕輕一笑，抿了抿嘴微笑著不說話。

憑著沈傲多年的經驗，對方不說話，那便是默認了，他也絕不客氣，腦袋便往鬼智環的胸口鑽去。鬼智環驚呼一聲，道：「你往哪裡靠？」

沈傲將她抱緊，整張臉埋入她的胸脯柔軟處，嘻嘻笑道：「母愛總是能給出征的戰士無盡的力量，環兒小姐就賞了我吧。」

隔著衣物，沈傲感受到那熟識的體香，整個人貼過去，身體與鬼智環完全重合。鬼智環低聲呻吟，咬著唇道：「殿下就是這樣玷污人家的嗎？」

話音剛落，沈傲突然仰起臉，正色道：「那麼我們就先從純潔的開始。」說罷，低下頭，向鬼智環的櫻唇靠過去，舌尖探入鬼智環的口中。

鬼智環先是咬著牙關，漸漸地身不由己，任沈傲一親芳澤。

分開時，鬼智環的臉上已是殷紅一片，起伏著胸脯道：「你敢？」

沈傲二話不說，卻是將手搭在她的胸脯上輕輕揉捏。

鬼智環啐了一口，臉上更是升起一抹緋紅，要將沈傲的手打開，誰知沈傲早有心得，空出來的手牽住她，低聲道：

「世上只有環兒好，有環兒的小傲傲像塊寶……咦……這是什麼……」

他的手漸漸下移，探入鬼智環的胴體輕輕撫摸，宛若靈蛇一樣觸到了後腰之下的豐臀。鬼智環想要將他推開，卻發現一絲力氣也沒有，低聲道：「有人會看見。」

沈傲很認真地道：「放心，看見了就說我們在鍛煉身體。」

二人又進入狀態，漸漸的，鬼智環也放開了一些，低聲呢喃了幾句什麼，櫻唇又被沈傲覆蓋。久違的感覺，讓沈傲霎時變得富有侵略性起來，整個人抵在鬼智環的胴體上任意胡作非為。

「殿下……」一個校尉興沖沖地掀開簾子，一時呆住，不知是該走還是該留。

這時候，鬼智環不知生出了哪來的力氣，一把將沈傲推開，整個人立即倒到別處。

沈傲心裡暗恨，卻是一副如常的樣子，呵呵一笑道：

「鍛煉身體而已，你不會誤會吧？」

這校尉整個人釘在地上，腿也有點軟了，心裡想，大清早竟撞到這個，殿下是出了名的睚眥必報，這可如何是好？聽到沈傲問他，立即道：「沒有誤會，沒有誤會。」

「噢……」沈傲漫不經心地道：「喜歡吃奶嗎？」

校尉撓撓頭，不知如何回答。倒像是他被沈傲撞破了什麼不該看的東西一樣。

沈傲嘆了口氣道：「本王就喜歡。」

「……」

「他娘的，還站在這裡做什麼？看什麼看！滾蛋！」

校尉這才反應過來，逃之夭夭。

有了方才的廝磨，鬼智環帶了些尷尬地道：「殿下，我去橫山軍那兒看看。」

沈傲拉住她，朝她笑道：「若是本王今日不死，能賞口奶吃嗎？」

鬼智環看著這無恥的傢伙，哭笑不得。

這時候，那校尉卻又跑了過來，這一次卻不敢掀帳子，只是在帳外大叫道：「殿下，我什麼也沒看見。不過有件事要稟告，李清將軍要卑下來說，斥候已經有了消息，女真鐵騎傾巢出動，敢問是否迎戰？」

帳子裡道：「戰！」

地平線上，隨著初露的曙光升起，一個個黑影出現，黑影越來越多，口令聲傳出，一隊隊騎兵率先出現，戰馬載著騎士放馬飛奔，隊前的旌旗分散開，轟隆隆的馬蹄聲中，騎隊以營為單位散開。

「嗚嗚……」號角聲傳出，低沉而肅穆。

更多的黑影出現，嘩啦啦……嘩啦啦，鎧甲的摩擦聲、雜遝的腳步聲如潮水一般嘩啦不絕。

晨陽斜照，一隊隊挺著長槍的軍卒出現，馬軍司、先鋒營的步卒開始推進，隊前的校尉在號角聲中大聲嘶吼，隊列延伸一里之遙，一陣陣聲浪爆發出來，身臨其境，熱血也隨之沸騰開。

隊列的周邊，騎兵在飛馳，一個個傳令兵來往交錯，如走馬燈一樣傳達出命令。

烏達帶著一隊親衛，出現在隊伍的最前端，在烏達的身後，是連綿不絕的步卒，運送輜重的大車橫擋在步陣之前，此後是如林的長矛，步兵的距離不到一寸，緊密到了極點，放眼過去，黑乎乎的形成刀山矛林。

校尉騎在馬上，在隊前來回奔走，伴隨著嗚嗚的號角，歇斯底里地大吼：

「西夏存亡，畢功一役，可敢隨我迎敵嗎？」

「殺！」呼喝聲排山倒海，震懾雲霄，如林的長矛狠狠刺向天空，連空氣都漾著暴躁。

「殿下就在這裡，諸位將軍也在這裡，還有誰肯同去嗎？」

「同去……同去……」鼓聲開始咚咚響起，隊列中的步卒嘶聲大吼；長矛斜斜四十五度向前橫挺，猶如猙獰的巨獸亮出了獠牙。

馬上的隊官已經抽出了腰間的儒刀，長刀在晨陽下散發出攝人光芒。隊官竭力大吼著：「我與諸君同生死，共存亡！就算女真人能刺穿我們的身體，能踐踏我們的血肉，能衝垮我們的隊列……」最後一聲爆吼：「但是……西夏必勝！」

「必勝！」前隊帶著盾牌的軍卒開始有節奏地用手中武器敲擊盾牌，發出一聲聲轟隆隆的聲音。

長刀向前有人大吼：「攝政王殿下千歲！」

「萬歲！」直入雲霄的聲音一波接著一波，久久不息。

轟隆隆……轟隆隆……轟隆隆……，遠處一隊騎兵出現，這些穿著皮甲，胸口繡著狼頭的騎兵如風一樣出現在後隊，如長蛇一般阻擋了地平線的方向的視線。

沈傲穿著金甲，頭頂著進賢冠，腰間按著尚方寶劍坐在馬上，在他身後，則是戴著鬼面，一身戎甲的鬼智環。鬼智環的眼眸出奇的平靜，她與沈傲對視一眼，沈傲朝她點了點頭，鬼智環打馬在族人的馬隊之前奔走。

她突然揭下鬼面，攏起來的秀髮霎時隨著戰馬的飛奔飄飄而起，那絕色冰冷的容顏，出現在族人面前。

「橫山五族的子孫……」她的聲音隨著風飄盪：「有勇氣去與天下最強大的鐵騎決戰嗎？」

馬上的勇士高聲回應這宛若女神一樣的女子：「橫山五族的子孫有何不敢？」

這女神般的人騎著雪白的戰馬從馬隊的一頭奔向另一頭，大喊道：「橫山五族的子孫，會拋棄自己的朋友棄之不顧，苟全性命嗎？」

如山如海的呼聲回應道：「橫山五族的子孫寧願去死也不願苟且偷生！」

女神抽出西夏長刀，喊道：「那麼，就追隨攝政王與女真人死戰到底！」

兩萬多騎兵聲浪沖天。這時候，鬼智環翻身下馬，在眾目睽睽之下，一步步走到沈傲的馬下，盈盈下拜，鄭重無比地道：「殿下，鬼智環和五族的勇士都託付給殿下了！」

沈傲安撫著座下躁動的戰馬，道：「我不能保證帶你們所有人活下來，但是可以保證我們會死在一起！」

鬼智環抬起眸，幽幽的目光仰視沈傲，咬著唇道：「死亦無恨！」

鬼智環站起來，重新翻身上馬，與沈傲並肩在一起，細密的汗珠滲在她雪白如脂的額頭，翹鼻之下，一點晶瑩的汗珠滴淌下來。

黑底的狼頭旗幟在她和沈傲的身後獵獵。這一刻，顯得黯然失色。

右翼的騎兵校尉、驍騎營聚在一起，所有人端坐在馬上，一個戴著進賢冠的博士，穿著紅色的吉服，一步步走到了隊列的中間，他袖子一抖，從他的袖口，一份長長的布帛露出來，他將布帛拉開，莊重無比地道：

「漢有匈奴爲禍，唐有突厥爲患，今匈奴、突厥之流何在？今有女真不仁，反以飛揚跋扈爲能，殺人盈野，掠地千里，國人不以爲恥……」

「嗚呼……匈奴之惡，突厥之暴，皆不如女真也……」

有人昏昏欲睡，長長地打著哈欠。

這時，又是一陣排山倒海的呼聲傳出來，打斷了博士冗長的檄文，所有人目視過去，才發現地平線的另一端，密密麻麻的騎兵出現，他們飛快移動，前隊占住了山丘，藉此來觀察這邊的動靜，接著是更多的馬隊從地平線多處出現，無數條長蛇最後彙聚成洪峰。

「女真狗來了！」騎隨軍一個人大呼。

「殺！」如怒濤一般的大吼淹沒了博士的長篇大論。

「平西王千歲，攝政王千歲！」

「萬歲！」

曠野上的女真騎兵無規則的奔跑，時而聚在一起，時而分開，眼見夏軍的高昂士氣，不禁呆了一呆，完顏圖圖穿著一件簡易的皮甲，坐在神駿的戰馬上，眯著眼，眺望遠處。居然有五成軍馬是步卒。

完顏圖圖不由發出冷笑。對方的軍馬，足足是女真鐵騎的兩倍有餘，這個數量，在完顏圖圖心中反而覺得少了，在大漠時，他們往往追逐的是三倍五倍十倍的契丹人，鐵騎過處，無人可擋其鋒芒。

完顏圖圖對一個傳令兵道：「告訴巴圖駭，帶人去試一試。」

過不多時，一千女真騎兵從隊中飛馳出來，飛快向夏軍的兩翼衝殺過去，爲首的一名金將宛若殺神一般，手舉著一杆長矛衝在最前，成爲整個馬隊的核心。

戰馬瘋狂地馳騁，密集的衝鋒騎陣猶如尖刀，展露出了女真人的戰力。

女真人輕車熟路的擺出這種高難度的陣型，卻沒有出現一點的紕漏，這一千的馬隊，猶如握緊的拳頭，全速朝夏軍的側翼砸過去。

騎兵校尉只看到這種陣型和如此的衝擊，便能體會到女真鐵騎的厲害，便是驍騎營的騎軍，他們也絕不可能與之硬碰。不過，在騎兵校尉和驍騎營隊前的李清，嘴角微微綻露出一絲笑容，對方是來試探他的底細了。他坐在馬上，沉聲道：「童虎。」

童虎勒馬出來，躍躍欲試地道：「將軍有何吩咐？」

李清淡淡道：「帶一隊人和他們去玩玩。」

童虎哈哈一笑，拍馬道：「一營隨我來！」八百校尉衝出來，飛快地迎上去。

在這曠野上，兩支龐大的軍馬在距離千丈的空地上看著眼前即將發生的一切，戰馬的轟鳴聲比之戰鼓更加攝人心魄，雙方衝出來的馬隊，在右翼的空地上越來越近。

童虎坐在馬上，一雙如刀的眸子打量著對方，齜牙一笑，眼看對方越來越近，突然大喝：「風！」

猶如有了默契一樣，八百騎兵改變直線衝刺，陡然斜衝出去，正如兩個廝打的壯漢，一個壯漢千斤重的拳頭全力錘擊而來，而另一個則是側身回避。

呼啦啦……兩隊騎兵交錯。只可惜，女真騎兵還是慢了一些，撲了個空，巴圖駭不得不緊緊勒住馬，微微停頓一下。

只是這一停頓，破綻已經顯露出來，巴圖駭發現，那些斜衝出去的騎兵校尉正站在了上風口，一支支精芒閃閃的箭簇對準了女真騎隊。

童虎發出森然冷笑，彎弓瞄向了巴圖駭，大吼一聲：「射！」

數百上千支利箭在短暫平行相錯的功夫，遮雲蔽日一樣在半空劃過半弧，朝金人的騎隊落去。

幾十個金人騎兵悶哼落馬，巴圖駭騎隊的隊形也不由地一亂。而這時，童虎已經呼嘯一聲，帶著校尉飛馬離遠。夏軍的軍陣頓時傳出一陣歡呼，士氣如虹。

巴圖駭心知這一場小規模的戰鬥不能輕視，否則回去無法交代，咬咬牙，整個人如弓著身子的蝦米，全力踢著馬肚帶隊追擊。

女真騎兵也憤怒了，他們曾是原野的驕傲，所向披靡，如今連西夏人都沒有摸到就損傷慘重，對他們來說，是何等的羞恥。於是一個個狂踢馬肚，不斷地提速，朝遠去的校尉騎隊追過去。

也有帶了弓箭的騎兵彎弓搭箭，飛射過去。可惜效果卻是不大，就算射中，至多也只能造成皮外傷。

童虎也是第一次使用學堂裡操練的戰法，心裡有些緊張，不過漸漸地，整個人鬆弛下來。他突然感覺摸到了一點訣竅，只要能控制住戰場的節奏，就掌握了戰局的結果。

童虎眼看後面的追兵越來越近，大喝一聲：「向左，斜衝……」又是一次斜衝，八百校尉如風一般隨著童虎改變了角度，竟是繞著金人騎兵轉了個圈。

童虎抓準時機：「風！」一個圓圈轉過，追逐在後的女真人突然發現，這些該死的敵人又轉瞬地馳騁在上風方向，一張張弓拉滿，接著箭如雨下。

「可惡！」又是幾十個女真騎兵栽倒，巴圖駭發出一聲怒吼。這種感覺，實在令人抓狂，明明自己擁有無比強大的力量，可是總摸不到對手，而對方卻像是貓戲老鼠一樣，將他們耍得團團轉。

每一輪箭雨之後，女真騎兵總免不了會稍稍停頓一下，借著這個時機，騎兵校尉又如風一樣飛馬撤走。等到女真人死死要咬住他們時，他們卻好像掐準了時間一樣，突然改變方向。

這樣的打法，幾乎是接近於無賴，偏偏又拿他們一點辦法都沒有，除非……能追上他們。

可是要追上又哪裡有這麼容易？主動權在騎兵校尉手裡，他們默契地改變方向或者發起攻擊時，女真人都不得不停頓一下，就是反應再靈敏的人，也需要一個緩衝的時間；而這個時間，恰好給了對方絕佳的機會。

戰鬥的主動權牢牢控制在童虎手裡，一開始，騎兵校尉射擊時還有些凌亂，短促的時間內，有的校尉來不及彎弓射箭，可是漸漸地，等他們熟悉了這種戰鬥方式，更不會給巴圖駭任何機會。

眨眼之間，一百多個女真騎兵倒下。巴圖駭突然感覺到，前方的校尉騎隊殺機更加濃重。

「射！」又到達了預定的射擊地點，校尉們策馬飛馳過去的同時，無數箭簇對準了同一個人。

巴圖駭大驚失色，還未等他反應過來，便看到飛蝗般的箭矢竟都是朝他射來，四五支箭貫穿他的身體，身邊的十幾個女真騎兵也隨之落馬。而巴圖駭還在馬上顫抖，他緊緊地握著手中的刀，整個人想要癱下馬去，卻還在咬牙支撐。

一聲淒厲的痛呼，巴圖駭臉上猙獰，發出不甘的怒吼。

女真的騎隊已經有些凌亂，眼見巴圖駭受創，最後一點耐心也被磨了個乾淨，再不能保持住衝鋒的隊列。就在此時，童虎大呼一聲：「拔刀！」八百校尉突然撥轉了馬頭，他們的眼眸閃過一絲憤怒，一柄柄儒刀出鞘，標準地壓到了馬脖子下。

「殺！」童虎率先朝凌亂的女真騎隊衝去。

低吼聲驟然響起，八百鐵騎緊緊尾隨，轟隆隆……轟隆隆……，數千隻馬蹄敲擊著大地，一柄柄長刀下壓，迎著獵獵的大風，捲起滾滾塵埃。

女真騎隊還未反應過來，立即就被這突如其來的衝刺衝了個七零八碎，若不是長途的奔跑消耗了他們的馬力和耐心；若不是主將隕落令他們一時不知所措；若是給他們多一點點時間重新組織，想必與校尉還有一拼之力。

可是這時候，隨著人仰馬翻，稀里嘩啦的血肉碰撞聲，隨即是血雨紛飛，校尉騎兵一直衝過去，生生在他們的騎隊中犁出一道血路。數百個女真騎兵頓時被分成數截，到處都是哀號和仰翻的戰馬和落馬的女真人。

金軍的大隊駭然不已，他們想不到，一千鐵騎，竟是用了兩炷香功夫就徹底地潰敗。

完顏圖圖的臉上仍然閃現出難以置信的表情。從一開始，巴圖駭受挫時，他就打了派出騎隊去接應的想法。只是這個想法很快就被他打消，若是接應，就是示弱於人，等於當著三萬鐵騎和七萬的夏軍，承認女真鐵騎的無能和懦弱。

所以他一直咬牙注視著戰場，沉默著，他心裡一直在企盼，只要巴圖駭追上去，勝利的天平必然會倒向巴圖駭一方，可是當巴圖駭中箭，夏軍返身衝殺時，他才意識到了後果嚴重。

「來人，接應他們！」

這個命令已經遲了，等到躍躍欲試的騎兵打算從隊列中衝出來的時候，巴圖駭的騎隊已經徹底地潰敗，猶如狼群衝入了羊圈一樣，被這些餓狼肆意地宰殺，巴圖駭被人削下了腦袋，掛在了戰馬的頸下，剩餘的女真騎兵落荒而逃，四處潰散。

童虎及他的部屬帶上了十幾個校尉屍首，揚長而去。

完顏圖圖眉宇下壓，咬著牙，雙目赤紅的看著這一切，身軀開始躁動起來。

第一〇〇章 驚世大捷

清脆的馬蹄聲從後面傳來，聽到這馬蹄聲，所有人都不自覺地向後看了看，並且讓出一條道路來。疲倦的騎士飛馬而來，嘶聲大吼：

「大捷……大捷……攝政王率軍七萬，與女真人決戰於祁連山南麓大獲全勝！」

騎軍校尉的可怕，這時候徹底展露出來，完顏圖圖闔著眼，看向那隊與眾不同的騎兵，人數應當不會超過五千人，五千人說多不多，說少也不少。

畢竟是久經沙場的老將，頓時之間，他就打定了主意，到了這個地步，已經不能留有餘手了，與其和這些騎兵校尉廝磨下去，倒不如一舉衝垮他們的本隊，之後再趁勝與這些騎兵周旋。

完顏圖圖手上的鐵矛向前一指，斜角刺向天空，大吼一聲：「殺！」

三萬鐵騎開始緩緩動了。越來越快，越來越快……

接著，彪悍的騎士俯下身子，身體隨著戰馬的顛簸而不斷地調整著坐姿。

「烏突！」

轟隆隆……千萬的駿馬在飛馳，長矛微微下壓，組成一列列移動的矛林，矛尖破風的聲音嗤嗤作響，每個人的眼眸都閃露出殘忍，一張張臉猙獰起來，殺機畢露。

他們的目標——步陣。三萬鐵騎的聲勢驚天動地，連戰鼓的轟鳴，都被這漫天的殺氣和捲起的塵煙掩蓋而顯得黯然失色；無數匹駿馬衝出來，散開，再凝結到一起，一支支宛若尖刀的騎陣，以極快的速度直衝過去。

三萬女真騎軍所爆發出來的力量，宛如飛流直下三千尺的瀑布，以勢不可擋之勢席捲一切。

女真人的戰法永遠只有一個，卻只有這個最有效，那就是如驚濤駭浪一樣，毫不猶豫地發起衝擊，沖刷眼前的一切。

這樣的辦法，他們對付白山黑水的各部族曾用過，對付契丹人也曾用過，有效而直接，不會拖泥帶水，只要衝垮了本隊，再多的騎兵校尉，也挽回不了他們的敗局。

轟隆隆……轟隆隆……三萬鐵騎越來越近，戰馬嘶鳴，鐵蹄短促地落在含著露珠的青草上又立即彈躍而起，沒有絲毫的矯揉造作，那下壓的長矛稍稍抬起。

一百丈……

車陣之後的步卒已經可以清晰地看見，這些該死的夏軍，在面對女真鐵騎居然沒有露出畏色，不過……他們很快就可以見識到女真人的厲害，龜縮在車陣也無濟於事。

這個時候，車陣之後的步兵校尉隊官們開始抽出刀，一聲聲號令響起來：「弓手……」

在矛陣的後隊，弓手們拉起了長弓，羽箭搭在弓弦上，箭簇斜向天空，所有人都在屏息等待，幾乎每個人都可以聽到彼此的心跳。

「射！」「射！」「射！」聲音在長達數里的隊列傳蕩，接著是遮雲蔽日的羽箭飛向天空劃過半弧，隨之又破空而落。

女真騎隊出現小小的騷亂，上百個女真人悶哼一聲落下馬，他們未必被射死，可是落馬的一刻就絕對沒有了生機，栽倒在地的可憐蟲很快被後隊的同伴放馬踩踏過去，發出一陣陣哀號。

而這個時候，兩翼的騎兵校尉開始有了動作，他們斜衝到女真衝鋒騎陣的外圍，開始飛射，三面都是箭矢，只短暫功夫，就有數百人摔落下馬。

女真騎兵的兩翼開始斜衝出數隊騎兵出來，足足有七千人之多，朝騎兵校尉急衝過去，他們並不是要去追逐騎兵校尉，不過是掩護本隊向步陣衝鋒而已。

剩餘的兩萬女真鐵騎冒著箭雨，繼續發起最後一次衝鋒。

五十丈……四十丈……每靠近一步，就伴隨著大量的傷亡。

完顏圖圖的心在滴血，他從來沒有想到，在如此的近距離之下，這些步兵居然還沒有潰敗。依靠他往年的經驗，任何曠野上的步兵遇到了他們，甚至不需要衝鋒，就足夠令他們嚇破膽，四散潰逃。

這就是步兵和騎兵的區別，所以往往三千的騎兵，就可以追逐幾萬的步兵屠殺，不是因爲三千騎兵的力量遠遠超過步兵，只是誰也不會愚蠢到與飛馳的戰馬硬碰，而一個人失去了勇氣，不用等待騎兵衝殺，整個步陣就會亂起來，相互踐踏，等待的是騎兵的收割。

可是……這些愚蠢的傢伙似乎還沒有鬆動的痕跡，甚至在命令之下，前隊的軍卒在車陣之後斜斜地支出了一根根長矛，密集得猶如湖畔的蘆葦一樣。

完顏圖圖當然不會知道，在這些步卒身前，有一個個戴著鐵殼帽的主心骨，他們握著刀，與他們的袍澤站在一起，他們不後退一步，身邊的人也絕不會後退。「鐵殼范陽帽」就是這些螞蟻一樣勢單力薄的步卒力量的源泉。

校尉們在高吼：「抵住車陣，支起長矛，擋住他們，擋住！」

矛尖斜對著衝來的騎兵，密集得讓人頭皮都要炸開，最先衝刺而來的女真騎兵眼眸生起一絲疑竇，他們和完顏圖圖一樣，發覺出了異樣，眼前的傢伙似乎並不好對付，他們未必比契丹人更彪悍，未必有大漠的敵人強壯的體魄，可是他們卻擁有無與倫比的勇氣，這種勇氣，或許會給他們造成很大的麻煩。

嗤嗤……毫不猶豫，最前的女真騎兵已經撞入了矛林之中，戰馬嘶鳴倒下，馬上的騎兵也立刻被捅了無數個窟窿，那橫在步陣之前的戰車也是咚咚作響，宛若行將崩潰的堤壩一樣，被衝了個七零八落。

「擋住！」

這只是開始，一旦豁出口子，後果將是致命的，校尉們眼睛都紅了，除了支起長矛的矛手，後隊的刀盾兵也紛紛向前擠壓過來，死死地抵住他們的生命線。

「咚咚……」戰馬全力衝刺而來的力道何止千斤，每一次撞擊，女真騎兵或摔落下馬，被同伴踩成肉泥，或撞入矛林，血流如注，或飛入步陣，很快被步陣的夏軍斬成數段。可是每一次衝擊，都讓車陣出現鬆動，甚至這強大無比的力量，讓車陣之後的步兵也被撞飛開來。

如林的長矛上，已經掛滿了血肉，車陣下堆積起的屍首宛若小山，恰恰是這些屍首，給予了後隊的女真人可趁之機，他們飛馬順著屍山斜衝上去，隨即挺著長矛狠狠地扎入步軍的陣中。

縱然有大車阻隔，形勢仍然不可避免地開始讓步陣吃盡了苦頭，勒馬飛上車。躍入步陣的女真騎兵宛若猛虎一般，借助戰馬的衝擊瘋狂的收割著生命，隨後又有無數支長矛從四面八方捅過來，將他們狠狠扎死。

一開始還有餘力應付，可是隨著衝入陣中的女真騎兵越來越多，這些僥倖從車陣和矛林存活的女真人竟不害怕，毫不猶豫地直面去面對死亡，在臨死之前，總是有兩三個步卒成爲他們馬下的亡魂。

「烏突！」眼看車陣已經七零八落，那列筆直的一輛輛大車，如今卻像是彎彎曲曲的海岸線，甚至有幾處地方已經豁出了口子。衝殺過來的女真騎兵暫態看到了曙光，士氣如虹，踩著前隊的屍首，爆發出一陣陣怒吼。

步陣開始蔓延著恐慌的情緒，這種恐慌，讓隊列出現了紊亂，督戰的烏達感受到這氣氛，額頭上已露出細密的汗珠。一旦步陣擊垮，夏軍所做的努力就全部化為烏有。可是……

烏達望向後隊的橫山騎軍，橫山騎軍已經開始向左翼移動，似乎是要發起衝鋒了。但是……至少還要堅持一炷香，堅持住，才能看到勝利的曙光。

烏達抿著嘴，鐵青的臉上陰晴不定。恰在這個時候，一名將軍似乎看穿了烏達的心思，他抽出腰間的儒刀，大吼一聲：「校尉在哪裡？」

「校尉在哪裡……」附近的校尉營官隊官、甚至是親衛隊一起大吼。

這時，一個個鐵殼范陽帽們開始向前狂奔，捨棄了自己的本隊，和那將軍一起向前湧動。

步陣的軍卒們驚呆了，看到一個個熟悉的身影，那些平時古板的傢伙，從各處出現在車陣之後，他們驕傲地大吼：「校尉在這裡！」

數百個校尉營官、隊官，出現在一個三四丈大小的豁口處，他們毫不猶豫地舉起刀，接著，豁口的地方，無數女真騎兵飛馬而入。

血肉之軀去抵抗那騎兵組成的洪流，暫態便被衝得七零八落，十幾個戴著鐵殼范陽帽的校尉倒入血泊。而騎兵的衝刺也不禁緩了一緩，這個時候，更多沒命的校尉撲過去，斬馬腿，刺馬肚，將這些騎兵掃下了馬。

那豁口宛若地獄的出口，源源不斷的騎兵越來越多，踩著屍體堆積起來的土地，繼續衝進來。

「殺！」校尉的血沒有白費，這時，連畏畏縮縮的軍卒們也瘋狂了，懦弱會傳染，勇氣也會傳染，先前已經打算了抱頭鼠竄的軍卒，這時候挺著一支支長矛，如潮水一般朝豁口處發起衝擊。

有人撞飛，殘肢血雨漫天撒落，更多人擁擠上去，用刀砍，用身子去擋，用長矛去刺；甚至飛撲上去把馬上的騎士拉扯下來，滾在一起。

這時候，又一處車陣出現了豁口，大車被撞得七零八落，這時候不需要吩咐，有個人大吼：「校尉在哪裡？」

女真騎兵驚呆了，全力衝擊，居然仍舊衝不開這車陣，那車陣像是汪洋承受驟雨駭浪的一葉扁舟，每一次搖搖欲墜，被數丈高的海濤打下去，可是總是奇蹟一般帶有幾分執拗的又出現怒濤之中。

疲倦……深深的疲倦，不止是女真騎兵，連步陣的軍卒也有一種深入骨髓的疲倦，所有人都變得麻木，每一分每一秒，都有無數人倒在血泊，有無數人發出最後一聲呻吟。

可是，每到這個時候，當悍不畏死的女真騎兵衝散了一段車陣的時候，那熟悉的聲音又響起來。

「校尉在哪裡?校尉在哪裡?」

在戰場的正北方向，黑底狼頭的旌旗招展，一排排戰馬低聲嘶鳴，前蹄刨著地面。馬上的騎兵微微拱起了腰椎，沉默地看著眼前發生的一切。

隊前的沈傲，悄悄拔出了尚方寶劍，劍鋒向前一指，他嘴角微微一揚，蕩漾的不是春光明媚，是徹骨的冰冷，冷冽的笑容……

沈傲大喊一聲：「血債血償！」

無數戰馬脫韁而出，飛快狂奔起來，沈傲騎在馬上，感受到眼前的景物在不斷後移，呼呼的風聲在耳畔鳴響，眼睛不得不闔著一條線，身後的披風隨風飄揚。

步兵用血肉阻住了女真戰馬的衝力，兩翼的校尉帶著驍騎營引走了一部分女真主力。現在，暴露在橫山鐵蹄之下的，不過是僵持在戰陣中的女真騎兵，失去了戰馬的衝擊力，所謂的鐵騎不過是個笑話。

兩萬鐵騎在朔風中呼嘯而至，攔腰疾衝入女真的後隊……

一把尖刀迅速在女真鐵騎的腹背劃開一個口子，鮮血瀝瀝灑落在馬蹄之下，戰刀高高抬起，狠狠劈下去，血雨化開，哀號陣陣。

完顏圖圖已經懵了，他不是不知道在夏軍的後隊，有一支騎兵虎視眈眈，可是他不怕，步陣是最容易衝垮的，在他看來，甚至不需要花費一炷香的時間，就可以讓這群螞蟻一樣的士兵四散奔跑；再趁著這個機會，他可以一鼓作氣，將後隊壓陣的夏軍騎兵一起衝垮。

可惜他打錯了一個算盤，這步兵的方陣，遠遠比他想像中要難啃，這些傢伙在鐵騎席捲而來時竟沒有崩潰，在甫一接觸的時候也沒有崩潰，甚至……在車陣豁出千瘡百孔時，竟然還有一群戴著鐵殼帽、披著黑紋皮甲、頸下繫著紅巾的傢伙，竟是不要命地去堵那些缺口。

一個……兩個……十個……一百個……

完顏圖圖已經絕望，這些在他眼裡不值一提的步卒，居然爭先恐後，用血肉之軀，用長矛、大刀、牙齒擋住了一波又一波的鐵騎衝擊。

一步算錯，步步皆錯。

這個時候，橫山鐵騎開始進擊，在見識了女真鐵騎的厲害之後，橫山鐵騎終於露出了自己的獠牙，沒有任何拖泥帶水，密集的騎隊追隨沈傲衝過去，又勒馬反覆衝殺。

「嗤……」一柄西夏長刀乾淨漂亮地洞穿了一具女真人的屍體，無主的戰馬驚慌不安地離開了他的主人飛馳而去。

西夏長刀的手柄處，是一隻晶瑩剔透的手，絕色的容顏上佈滿了寒霜，她不滿地朝渾身鎧甲的沈傲呶呶嘴，在千萬人的喊殺聲中，冰冷冷地道：

「讀書人難道不知道在這裡橫衝直撞很危險嗎？」

沈傲尷尬一笑，原想斜衝過去將一個女真騎兵斬落馬下，誰知這女真騎兵竟是如此厲害，反應極快，迅速地旋身反斬過來，他嚇得臉色驟變，幸好，鬼智環來得正是時候，他才保住了這條命。

身處在戰場之中，連沈傲都不免熱血沸騰，只是平時別人操練，他在睡覺；別人吃了早飯繼續操練，他還在睡覺；別人大汗淋漓地在烈日下曝晒，他躲在樹蔭下愜意地喝茶；以他這三腳貓的夫，能活下來實在是奇蹟。

好在他的身邊，數十個騎兵校尉緊緊追隨，隨時替他擋住刀劍。就是鬼智環在衝殺之餘，也不禁會在茫茫人海中尋找他，拱衛他的安全。否則一百個沈傲也要死得不能再死了。

這時，沈傲的心裡又是悲涼又是激動，堂堂七尺男兒，居然要一個女人來救，簡直是沒有天理。他朝鬼智環笑了笑，飛快地打了馬，又覷見了一個女真人，這女真人的戰馬已經不見了蹤影，惶恐地落在地上，持著長矛試圖負隅頑抗。

沈傲咬咬牙：「小子，就是你了，誰叫你是軟柿子！」策馬直衝過去，待這女真人反應過來時，馬頭距離他只有一尺的距離。

咚……女真人被撞飛，口裡溢出血來，好不容易撿了長矛，還想要支撐著站起時，沈傲又衝過去，揮起尚方寶劍狠狠地斬落下來。

「呃……」女真人難以置信，瞪視著沈傲，仰面躺倒。

「狗東西，下輩子投胎有種不要做軟柿子！」沈傲大罵一句，雙眼四顧，才發現戰鬥已經進入了尾聲。

陷入僵局的女真鐵騎，根本不堪一擊，若說之前他們的戰力足以劈山斷水，可是等到橫山鐵騎發起衝擊時，他們已經沒有了任何招架的力量。

一群群女真人被包圍，負隅頑抗的女真人很快被清除，剩餘的則選擇了潰逃。只是這時，要逃哪有這般容易？驍騎營和衡山鐵騎一路追擊過去，如趕鴨子一樣，將他們收攏在一起，再擋住了他們的前路，衝殺一陣，徹底瓦解掉他們的意志。

沈傲從馬上翻身下來，才發現連下腳之處都沒有，到處都是屍體，到處都是鮮血彙聚的泥濘，靴子踩上去，很不舒服。

這時，無數人歡呼起來：「萬歲！」

勝利了……勝利得有些艱難，可是事後回想，又覺得太過容易，只有身臨其境的人，才知道勝利來得不易，只要步陣稍稍被衝破，只要女真人再加一把力氣，或許現在的勝利者，已經做了女真鐵騎下的亡魂。

鬼智環和李清等人都圍攏過來，看著沈傲，大家的臉上都沒有笑容；就算是笑，也帶著幾分苦澀，每一場鏖戰，都是生離死別，這種感受，令人十分難受。

沈傲收起尚方寶劍，抿了抿唇，淡淡道：「隨本王走走。」所有人默默地跟在他的身後，在這屍山血河中漫步。

沈傲看到地上有一具校尉的屍首，這校尉的鐵殼帽已經飛遠，可是儒刀還緊緊地攥在手裡，胸口上有一枚儒章，他張著眼睛，似乎有些不甘，臨死前帶著一絲冷笑。

沈傲單膝跪在校尉身邊，李清要去取校尉胸前的儒章，沈傲卻搖搖頭道：「不必，留著吧，隨他一起安葬。」

沈傲站起來，發覺自己的心已經變得堅強，他爲自己辯護，人總是會死的。

南下的官道上，到處都是流民，他們拋棄了房產，拋棄了牛羊和田畝，攜帶著包袱，拉家帶口，向著更南的方向徐徐走著。

熙熙攘攘的人群，面如死灰，背井離鄉畢竟不是什麼值得慶幸的事，但他們只是蟻民，面對那些可怕的女真人，難道還要奢望他們勇敢地去面對？

隊伍移動得很緩慢，倒也不至於完全失去了次序，甚至沿途的州府，也都有攝政王下的條子，讓他們派出當地隨軍護送，雖然只有數百個隨軍，好在並沒有人滋事。

噠噠噠……清脆的馬蹄聲從後面傳來，聽到這馬蹄聲，所有人都不自覺地向後看了看，並且讓出一條道路來。

疲倦的騎士飛馬而來，嘶聲大吼：「大捷……大捷……攝政王率軍七萬，與女真人決戰於祁連山南麓大獲全勝，十萬女真鐵騎灰飛煙滅，血流漂櫓！」

流民的隊伍暫態之間騷動起來，他們的目光中閃露出喜悅之色，所有人在竊竊私語，許多人盤算，這時候到底該不該回鄉，回到老家去。

不過，也有人很是世故地勸阻，他們絕不相信七萬夏軍能消滅十萬女真鐵騎，只有生活在祁連山一帶的人，才會深知女真人的可怕，那如旋風一樣馳騁在大漠深處的女真人，猶如可怕的鬼魅，每戰必勝，遇城必克。尤其是十萬女真鐵騎所爆發出來的威勢，更是無人可擋，絕對不是人力所能阻擋。

「這捷報是假的。」世故的人勸說那些急欲回鄉的夥伴：「攝政王不過是要安定人心而已。」

於是流民們打消了希望，繼續南行。那報捷的快馬，也依舊南行，他的目地是龍興府，必須以最快的速度把消息送過去。

第一〇一章 真命天子

烏刺頷首點頭，走過去抱了抱沈雅，沈雅到了烏刺懷裡，一對漆黑的小眼睛露出疑惑之色，隨即又是哇哇大哭，雙腳亂蹬。

烏刺目光深邃地看著他，一字一句地道：「此子是真命天子！」

龍興府上下，也籠罩在不安之中，女真人若是解決掉關隘的夏軍，就可以在幾日功夫之內兵臨龍興府城下，到了那個時候，西夏國只怕就要完了。家國二字，在這個時候感受得最真切。

莫說是漢人，就是國族也是如此。大院深處的大領盧烏刺，心頭也劃過深深的憂心。攝政王臨朝，國族雖然不能保住特權，可是一旦女真人來了，只怕連身家性命都不能保全。

每到清早，烏刺總是這個時候起來，身爲太國丈，又是未來皇帝的外公，他在國族的地位超然，雖然兼了個尙書省的職事，可是這尙書省畢竟只是虛銜，因此他總是先在茶廳裡坐一坐，喝兩口茶，養養精神，再去尙書省轉一轉。

這個時間裡，經常會有些國族來探視。從前，大多都是抱怨那沈愣子如何如何，又或者是誰被罷了官，被受了牽連。可是現在來的人卻又換了一副口吻，都是低聲說哪家舉家逃了，哪個人可能要被調去邊鎭。

這種山雨欲來的壓迫感壓得人透不過氣來。舉家逃走的越來越多，沒了這大夏，所有人都成了無根的浮萍。

還有些人會帶來一些壞極了的消息，比如誰誰已經向女真人投降，哪處關隘被女真人攻破，整個西夏，就如一個赤裸的女子，那兇殘的強盜已經挺刀堵在了門口。

女真人的兇殘早已聲名遠播，那契丹的宗室國族，還不是一個個殺得血流成河？在他們面前，什麼宗室，什麼王族，什麼國族官身，都和最低賤的草民一樣，都是他們屠戮取樂的工具。

烏刺這幾日都是愁眉不展，消息越來越壞，讓他這個領盧也感覺到了幾分亡國破家的忐忑。沒了大夏，他這偌大的家族，還會有幾個人存活？

喝了一盞茶，就有個在城門司的蕃官過來，道：「昨日傳來的消息，領盧大人知不知道？」

烏刺見這官員一臉的憂心忡忡，心知又是壞消息，便道：「又是什麼事？」

這蕃官嘆了口氣，道：「還能有什麼事？最新的邊報，說是攝政王要率軍與女真人決一死戰，戰書都遞送了，消息是五天前傳來的。決戰之期定在前日，只怕早兩天勝負就已經分曉了。」

蕃官重重地嘆了口氣，繼續道：「滿打滿算，攝政王手裡也不過七萬人，去和十萬鐵騎決戰，這和送死有什麼區別？到時候一旦全軍覆沒，女真人長驅直入……」

他臉上露出一絲畏色，壓低聲音道：「只怕也就是這幾日功夫，女真人就要兵臨城下了。」

烏刺的眼皮跳了一下，端著茶盞的手也不禁微微一顫，他苦笑一聲，已經感覺到危

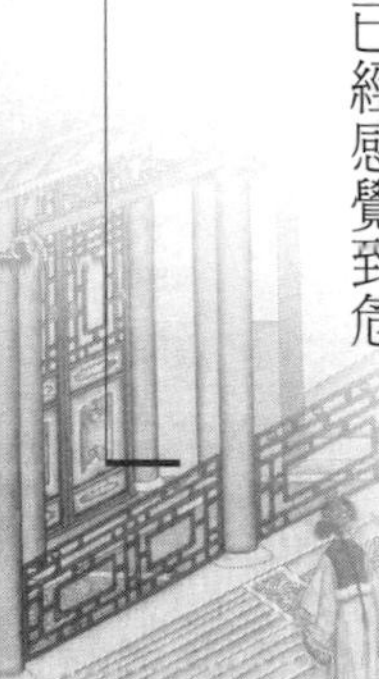

機越來越近，曠野上與女真鐵騎對決，這和送死，實在沒有什麼區別。攝政王完了，大夏完了。

若是一個月前，烏刺早恨不得這個攝政王死了最好，可是這時候，他不知有多期盼奇蹟發生，只是這個奇蹟實在渺茫。契丹人的戰力一直在夏軍之上，一旦到了曠野，便是十倍的契丹人見了女真人都是倉皇竄逃，一觸即潰，難道還指望那攝政王力挽狂瀾，做中流砥柱？

烏刺顯得蒼老了幾分，吁了口氣道：「老夫是不能走的，我鬼赤氏世受國恩，這個時候只能等那大廈將傾，一家三百餘口成爲瓦礫下的冤魂。至於你……」他打起精神道：「你還是帶了家眷走吧……」烏刺疲倦地搖搖手，整個人像是癱了一樣。

蕃官咬了咬牙道：「走，能走到哪裡去？去契丹？大夏都完了，那契丹還能支撐到什麼時候？去大宋？」他搖搖頭道：「與其這樣，倒不如留在這裡，與國同亡也罷。」

烏刺看了他一眼，無奈地搖頭。

正在這時，卻是有人飛快地衝進來，道：「大捷……大捷……」

城門來的消息，是大捷！

這人是烏刺的長子烏祿，堂堂正正的國舅之尊，這時卻是一點矜持都沒有，喜出望外地衝進來，臨進門時因爲走得太急，一隻腳被門檻崴了，一瘸一拐地衝進來，滿面紅光地道：

「滿城都轟動了，是大捷！」

烏刺霍然而起，整個人激動得顫抖：「你說什麼，是誰大捷？是我大夏還是女真人？」

連那蕃官也一臉不可置信，站起來道：「哪裡傳來的謠言？」

烏祿氣喘吁吁地喘著粗氣，毫不客氣地端了桌几上的一杯茶咕噥咕噥喝了一大口，才用袖子擦掉唇邊的水漬道：

「不是謠言，一大清早，就有個明武學堂的武士騎馬在城外叫門，隨後飛馬往皇城方向去了，還一邊大叫，說是祁連山大捷，攝政王與女真人決戰，十萬女真鐵騎灰飛煙滅，血流成河，已經收復了各處關隘，俘敵一萬四千餘人，斬首無數！」

烏刺和那蕃官面面相覷，烏刺喉結抽搐，猛地叫出了一個好字，捋著白鬚道：「真是天佑大夏，天佑大夏！」

蕃官臉上驚疑不定，道：「會不會是爲了安穩人心，刻意散發出的假消息？」

烏刺搖頭道：「不會，這個時候傳假消息也沒有用，你想想看，若是我大夏精銳覆沒，女真人也就是這幾日功夫就可以兵臨城下，現在傳假消息又有什麼用？過幾口就會拆穿，到時候只會讓龍興府一點準備的時間都沒有，這消息是真的，是真的！」

烏剌轉而對烏祿道：「你……再去打聽一下，把府裡的人都派出去……」他猶豫了一下，又搖頭道：「算了，不必再打聽了，快換上朝服，隨老夫入宮道喜，走。」

烏祿笑嘻嘻地道：「這就去，這就去。」

從領盧府出來，才發現整個龍興府已經沸騰，這種劫後重生的喜悅瞬間感染開，無數人走上街道去打聽確切的消息，還有人拿出了炮仗，鞭炮齊鳴，震天動地。

烏剌看著這熟悉的街道，臉上也露出幾分喜悅，鑽入轎子裡，定了定神，才道：「入宮！」

深紅的宮牆下，一頂頂小轎穩穩停住，已經有不少穿著朝服的官員躲在門角竊竊私語了。大家都聽說祁連山大捷，可是確切的消息還沒有發布，幾個兵部的官員下了轎，許多人圍攏過去，結果這幾個人也是一攤手，捷報是直接入宮的，沒有經過兵部，誰也不知道出了什麼事。

等楊振到的時候，大家又去問他。楊振苦笑道：「老夫清早剛剛洗漱，就聽到這消息，那捷報想必也沒有經過門下省。」

眾人的臉色不禁現出幾絲黯然，又有幾分激動之色，不管是漢官、蕃官，一時也不計較此前的過節了，就是平素一向從不提那攝政王的蕃官，這時候也是神采飛揚地說起攝政王的好處來。

「有此一役，大夏三十年可固了。」

「殿下武功赫赫，以少勝多，當真是不容易。」

「依我看，殿下只有元昊先帝才能與之相比。」

「不知太上皇接了捷報沒有，我大夏中興有望了。」

這時候，領盧烏剌的轎子過來。他掀開轎簾子，徐徐走出來，見到這麼多人，倒是並不覺得驚愕，目光落在不遠處的楊振身上。

楊振走過來和他見禮。若是平時，烏剌雖然沒有實權，卻也不必給楊振顏面，今日卻還了禮，道：「門下省那邊聽到了什麼風聲？」

楊振苦笑道：「老夫也是才知道，捷報是直接送入宮的，只怕要入宮之後才知道。」

烏剌頷首點頭，淡淡道：「這樣也好，待會兒見了太上皇自有分曉。」

正說著，宮門打開，卻是懷德喜氣洋洋地出來，道：「諸位大人，請入宮吧。」

眾人又是圍過去紛紛打聽：「懷德公公可知道什麼消息？那消息沒錯吧？攝政王班師回朝了嗎？」

一連串的問題，懷德喜滋滋地回答道：

「沒錯，確實是大捷，十萬女真鐵騎全完了，各處關隘也都收復。祁連山那邊，據說連放牧的女真人都後退了五十里，不敢在我大夏關隘之下牧馬。攝政王殿下已經傳回消息，這幾日就班師回朝，並曉諭各國，遞出捷報。」

人群中有一個正是契丹的使節，聽到消息千真萬確，也是一陣狂喜。女真人人口不多，這一次擊潰了十萬鐵騎，女真無敵的神話已經打破，如今西夏、契丹、大宋聯爲一體，契丹的宗廟誰說不可以保全？他排眾而出，道：

「此戰之後，天下人再也不畏懼女真人了。」

眾人哄然大笑，才一起魚貫入宮。

暖閣裡，李乾順且驚且喜，一大清早便傳來捷報，他一開始還不信，等看了沈傲親手書寫的捷報，才壓下滿腹的狐疑。

其實所謂的十萬女真鐵騎，水分太多，滿打滿算，就算添上役夫也不過五萬人。女真人自己號稱十萬，四處向人宣傳，生怕別人以爲女真人兵少。誰知現在一敗塗地，恰好幫了沈傲一個大忙，他們既然詐稱十萬，沈傲自然將計就計，因此在捷報上，厚著臉皮寫了個殲賊十萬有餘。

這麼做，一方面能安撫大夏的人心，另一方面，也打擊了女真人的囂張氣焰，使各國不再畏懼女真人。

李乾順也是勤政之人，哪一日不想做一個文成武德的君主？只可惜他文成有足，武德不夠，如今這赫赫的武功，卻讓自家的女婿得了。

不過這也沒什麼令人傷心的，有了這一戰，從前蠢動不安的西夏如今算是真正解除了內患，而攝政王一系在西夏的地位也正式穩固，試想一下，連女真人在攝政王面前都彈指湮滅，還有哪個敢覬覦攝政王的權柄？敢向攝政王挑釁？這時候，只怕那些人只有慶幸，慶幸從前沒有和攝政王為敵，否則他們的下場和女真人又有什麼兩樣？

等到群臣紛紛進來道喜，李乾順臉上生出些許紅暈，抖擻精神，叫人將捷報細細念了一遍，眼見所有人露出欣喜之色，才道：「攝政王勞苦功高，擇日就要班師回朝，屆時朕與大家一起出迎三十里如何？」

楊振率先道：「下臣遵太上皇詔。」眾人紛紛跪了一片，無不應允。

就是那烏刺，也只猶豫了一下，便下拜道：「下臣遵太上皇詔。」

李乾順笑道：「好啦，亂糟糟的，朕還要養病，其餘人都出去各去辦公，楊振和烏刺二人留下。」

這時，淼兒抱著沈雅進來，眾人一齊向攝政王妃和「皇上」行禮。只可惜這「皇上」並沒有做天子的覺悟，小腦袋不斷地朝淼兒的胸脯上頂，見母妃不給他吃奶，便伸手指放在口裡，哇地大哭起來。眾人一見，哪裡還敢多待？紛紛退了出去。

淼兒先是給李乾順行了禮，目光落在烏剌身上，道：「外公……」

烏剌頷首點頭，走過去抱了抱沈雅，沈雅倒是不怯生人，只是到了烏剌懷裡，可憐巴巴地去頂烏剌的胸脯，發覺這胸脯和淼兒、奶娘的構造不一樣，一對漆黑的小眼睛露出疑惑之色，隨即又是哇哇大哭，雙腳亂蹬。

烏剌目光深邃地看著他，一字一句地道：

「此子是真命天子！」

祁連關，這座城塞經歷過戰火之後，顯得蕭條無比，就在不久前，意氣風發的女真人攻破了關隘，殺死了一千多守軍，以這個關隘爲突破點，一舉將整個北部邊鎮收入囊中。再之後，女真人潰敗，沈傲率軍占住了這裡休整，如今各處邊塞，到處都是試圖逃竄的女真人，也到處是追兵，只用了兩天的功夫，所有的關隘全部收復，甚至還有騎軍衝入大漠去，搶掠了不少女真的牧民，截獲了牛羊數十萬之多。

祁連山附近的水草本就豐茂，女真人一向以劫掠爲生，從來沒有想過有人居然敢黑吃黑，再說三萬鐵騎進入了祁連山南麓，因此這裡的女真牧民也漸漸增多起來，在他們看來，不久之後，他們就算不能進入興慶府，至少在這祁連山南麓牧馬已是板上釘釘的事，南麓的水草更豐盛，早已讓女真的牧民垂涎已久。誰知道潰敗的消息傳出來，還沒等他們反應過來，便有無數的西夏騎兵衝出來，見人便殺，見了帳篷便燒，牛羊駿馬也不客氣，直接趕回關中去。

有一支騎兵，甚至深入大漠數百里之遠，搗毀了一處牧民的據點，俘獲了數千個女真人回來。

靠近西夏邊境的草場，一時間風聲鶴唳，到處都是被洗劫的消息，僥倖沒有遭遇夏軍的牧民立即北遷，也有不少的金軍騎兵聞風而動。只是女真人一向善攻不善守，全部的軍力都搭在了祈津府和契丹人身上，內部空虛的情況下，面對這一隊隊上千人的騎隊，憑著自發組成的幾十數百人，只一個衝鋒，便能令他們潰散。

畢竟留在這裡的，並不是女真人的精銳，大多都是老弱病殘，人數又少，士氣低迷，哪裡是這些士氣如虹、鋪天蓋地的騎兵對手？

祁連關裡，沈傲貓著眼，在測繪出來的地圖裡逡巡，女真人入侵，如今雖是勝了，可是代價卻不小，戰爭產生了大量的流民，邊軍也就此一蹶不振，還有附近的城池，損失也是不小。他一向占人便宜，如今卻吃了這些女真人的虧，自然要讓他們十倍百倍地還回來。

這筆帳，不算清楚怎麼行？女真人可以搶契丹人，沈傲當然也可以搶女真人，黑吃黑這種事，沈傲是最在行的。

事關到搶劫大業，沈傲比任何時候都上心，數百個斥候放出去，女真西部草原的地形已經摸清，現在最重要的問題，是該尋哪個地方下手。

這千里的草原上，荒無人煙，真正能搶的，也只有兩處，一處離祈津府近了一些，那裡本是契丹的祖地，叫離城，是大漠西部爲數不多的城池之一。

說是城池，其實並沒有巍峨的城牆和湍急的護城河，更像是一處大規模的聚集點，女真人的一個王公被分封在這裡，這王公乃是完顏阿骨打的舅舅，地位超然，因此賞賜的寶物不少，散落在附近的牧民便有萬人之多，牛羊更不必說，數十萬頭肯定是有的。只是這裡距離祁連關有六百里之遙，一旦深入，危險係數還是頗高。

另一處城塞在大漠的北部，那裡是女真人向西的重要商道，是商人聚集的地方，據說每隔數日就有數百個商人帶著成群的牛羊和數千人的腳夫、護衛，在那裡停駐歇腳，是富得流油的好地方。這裡距離祁連關不過三百餘里。

沈傲看著地圖的樣子，就像是眼睛看到了金山銀山一樣，口裡不禁滴出幾滴口水，狠狠地擦了一下。

沈傲狠狠地攥緊拳頭敲在桌上，抬起頭。將軍們聽到敲桌子的聲音，都忍不住停下手中的事看向攝政王。

沈傲深吸口氣，道：「本王做了一個艱難的決定。」

「殿下是打算放了抓來的俘虜嗎？」一個將軍看出了沈傲臉上的表情，便開始猜測，對攝政王來說，什麼事才是最艱難的？稍微一想，多半是俘虜的事；除了俘獲的女真騎兵，還有大量的牧民，人數足足有兩萬之多，這麼多人放出去，當然艱難得很。

沈傲搖頭，表示他猜錯了，隨即手指點住了地圖上的一個位置，用沉痛的口吻道：「出兵離城，搶他娘的！」

大漠上，幾十輛大車在草地上留下車印，上百個女真武士騎著高頭大馬，如狼一樣的眼眸在四周巡視。

中央的一輛大車甚是奢華，周邊有十幾個魁梧的女真騎士拱衛著，騎士精神抖擻，騎著高頭大馬，銳利的目光在草原的盡頭巡視。

坐在車裡的顯然是個女人，大約六十歲上下，身形已經有些走樣，臉上很是豐腴，保養得還算得體，若是仔細一看，便可以想像得到她年輕的時候一定姿色不差，只是現在已經年華老去，再不顯當年的姿容了。

老婦人昏昏欲睡地躺在車裡，等她醒來時，才甕聲甕氣地問：「到了哪裡？」

一個女真騎士畢恭畢敬地道：「稟太后，再過數里，越過離河就可以到離城了。要不要奴才先去給離王報個信，叫離王來迎接？」

老婦人淡淡地道：「不必了，我這弟弟年歲也是不小，不必勞煩他。」她吁了口氣，又道：「這裡的水草比祈津府還要豐美，能分封在這裡，倒也不錯。」臉上露出欣慰之色。

這老婦人乃是女真國當朝太后，完顏阿骨打的生母。年紀乍看只有六十，其實再過一年便要到七十了，她的身體漸漸有些不行，才懇請完顏阿骨打讓她到嫡親弟弟這裡來看看。一路行來，說不出的疲倦，可是眼看就要到離城，太后的臉上不由生出些許紅暈，精神一時好了幾分。

車隊跨過了一條並不深的河，說是河，倒不如說是溪流更確切一些，遠處一頂頂帳篷和建築已經遙遙在望。

說它是城池，可是和關內的城塞全然不同，這裡沒有護城河，只有半人高的土墩，外頭是牧民的帳篷和牛羊的圈地，土墩裡有一些稀稀落落的建築，便是王公貴族們住的地方。

這裡和祈津府比起來，實在是天上地下，可是這太后卻是興致勃勃，連說了幾個好字，在她看來，當年她的部族所在的地方才叫真正的淒苦，水草不豐，天寒地凍，如今這裡水草有半人之高，無數的牛羊駿馬，除了祈津府，哪裡還有這麼好的去處？

正在這時，離城裡頭才有了動靜，一個老者帶著數十個青年飛馬出來，那老者遠遠看到車隊，不禁老淚縱橫，連忙下了馬，快步走過去。到了車前，太后已經從車上下來。老者道：「前幾日就接到了祈津府來的書信，才知道阿姐要來，日盼夜盼，總算見著了。」

這鬚髮皆白的老者便是離王努爾赤，年歲不小，骨架子卻是不小，足足比別人高了一個頭，身體還算硬朗，拉著太后的手，二人絮了許多話，他身後的十幾個青年才過來給太后請安，這些人都是離王的子侄。

太后見了他們，連說了幾個好字，由大家攙扶著向離城步行。

沿途上，太后挽住離王的手道：「據說這裡很不太平，那個完顏圖圖……」太后的臉上像是生了冰霜一樣，冷哼一聲道：「總說自己是勇士，結果被夏軍打得大敗而歸，這消息，想必祈津府也已經收到，我這一路來，還是從牧民口中得知這件事。」

努爾赤捋著鬚冷笑道：「這裡太平得很，離城距離西夏有五六百里，就是借他們天大的膽子，也不敢到這裡來。阿姐聽說過大漠的勇士入關去洗掠南人，可聽說過南人出關來洗掠大漠的嗎？」

努爾赤這一說，太后也不禁笑起來：「阿姐這是擔心你，你這封地哪裡都好，就是距離邊關近了些。實在不行，不如就和阿骨打去說說，換個地方給我們的族人放牧。」

努爾赤連忙擺手道：「大漠裡哪裡還尋得到這麼好的去處？」

等進了城，在離王府裡住下，這太后對自家的親弟弟倒也捨得，整整帶來了幾十車的賞賜，離王努爾赤也是大盡殷勤，賓主盡歡。

第一〇二章 傳家之寶

努爾赤魂不附體，不禁道：「你是說黑水璧？」
所謂黑水璧，乃是完顏家的傳家之寶，
定都祈津府之後，完顏阿骨打將玉璧雕刻成了印璽，
只有在祭天時才肯拿出來，是女真人無上的珍寶。

到了第二日，一個消息傳來，說是夏軍騎兵四處出擊，橫掃關外的牧民。這些牧民大多都是離城這邊過去的，屬於離王努爾赤管轄的族人。努爾赤清早起來，聽了一個逃回來的牧民奏報，一時不禁怒氣沖沖。

站在他身邊的，是努爾赤的長子，叫椰術，椰術皺起眉，道：「父親，夏軍會不會來我們離城？」

努爾赤想了想，搖頭道：「他們沒有這個膽子，我諒他們不敢。」說罷又怒氣沖沖地道：「說來說去，還是那個完顏圖圖的錯，他死了倒是乾淨，卻連累到本王的草場也不安生。」

椰術蔑視地道：「完顏圖圖進兵的時候路過離城，父親還請他喝了幾碗酒，誰知道他是個懦夫，我們女真人縱橫天下，三萬勇士卻敗在他的手裡，真是讓人喪氣。」

努爾赤淡淡道：「這些話還說它做什麼？不過太后到了離城，小心一些總是要的，你和幾個兄弟帶著勇士在附近巡視一下，以我的估計，等到陛下得到了消息，應當會調一支軍馬來協防這裡。」

椰術頷首點頭，叫了幾百個部族中的勇士，一起出城在附近巡守。

椰術出來的時候是正午，正午的陽光烈得很，一望無際的青草彷彿與天連成了一線，望不到盡頭。他打著馬，漫無目的地朝西而行。

在他們看來，夏軍出現在這裡的機會實在是微乎其微，畢竟從西夏邊關到這裡，便是日夜不懈，也要兩日才能到達，孤軍深入大漠，諒西夏人也沒這個膽子。

椰術帶著數百人一路向西走了數十里，眼看天色暗淡，便沒有了再往前走的心思，撥了馬，正要帶隊回去。

這時，突然感覺大地在顫抖，他不禁奇怪地向著西邊霞雲的方向看去。

地平線上，一個個黑點出現，越來越多，越來越密集，椰術還未反應過來，可是等那黑影近了他才發現，飛馳的馬上居然還有人，一個……兩個……成百數千……

「不好！」椰術的心狂跳起來，這不是牧馬的牧民，是騎兵，大量的騎兵，人數不在五千之下，而且越來越多，浩浩蕩蕩，看不到盡頭。

萬馬奔騰，浩浩蕩蕩的騎兵突然出現，前鋒的馬隊已經發現了椰術等人，毫不猶豫地加快了馬速，飛快地衝殺過來。

「快逃！」椰術嚇得臉色蒼白，撥馬要走，這個時候，一個隨來的族中勇十道：「王子殿下，他們不是西夏人。」

椰術狐疑地看過去，天空漸漸陰霾，讓他的視線有些模糊，可是當他闔上眼時，才鬆了口氣。奔來的騎士，穿著的竟是女真騎兵的鎧甲，沒有錯，是女真騎兵特有的皮甲。

「莫不是從西夏邊關逃回來的敗兵？只是人數實在太多了些。」

椰術遲疑了一下，臉色緩和下來，心想，可能是敗兵，完顏圖圖雖然落敗，可是這麼多勇士，總不可能一個人都沒有逃回來，只是現在距離金軍大敗已經過了五天，他們爲什麼這時候才回來？

心中又生出一團疑問，正在他踟躕的時候，那一隊騎兵已經越來越近了。

絕對不會錯，他們穿著的確實是女真人的皮甲，手中的武器也和女真人相同，只是沒有打出旌旗，想必是敗退時拋棄了。

椰術再一次確認後，氣定神閒起來，又把馬頭掉撥回去，心裡忍不住想：方才實在是多慮了，堂堂女真族的勇士，差點被自己人嚇得落荒而逃，這件事若是傳出去，豈不是要說我椰術是個膽小如鼠的膽小鬼？幸好看仔細了。

他心裡認定了西夏人絕對不敢深入大漠，因此才完全放下心。等到對方的馬隊衝到了百丈之遠時，他高聲大喊：「你們是誰的部下？爲什麼從祁連山的方向來？」

對方什麼都沒有說，爲首的一個，卻是勒馬斜衝出去，後隊的騎兵分爲兩路左右包抄，還沒等椰術等人反應過來，已經出現在椰術等人的背後，擋住了他們的退路。

接著，所有人挺起長矛，森然的長矛在夕陽餘暉下散發出妖異的寒芒，朔風呼呼刮在他們的臉上，每個人都壓下眉，微微地闔起了眼睛。

椰術這時候才發現異樣，他突然大叫一聲：「不好，這些是西夏人，是西夏人偽裝成我們女真的勇士……」

他撥了撥座下焦躁不安的馬，想要逃走，可是退路已經封死，左右兩翼都有彎弓搭箭的西夏騎軍，而在他們的正前方，猶如烏雲一樣壓過來的鐵騎從地平線上源源不斷地衝過來。

椰術稍稍猶豫了一下，咬了咬牙道：「殺出去。」數百名女真勇士抽出腰間的彎刀，追隨著椰術向著離城的方向開始突圍。

包抄在他們後隊的西夏騎軍哪裡肯輕易放了他們？一列列隊形厚實的騎軍挺起了長矛，一起發出低吼，隨即，兩支騎隊在草原上同時加快了馬速，朝著相對的方向發起衝刺……

轟……

兩支騎軍撞在了一起，椰術與一個西夏騎兵相撞，肩膀撞到了對方的馬頭，火辣辣的痛，彷彿脫臼了一樣。他不曾預料到，西夏人也有這樣悍不畏死的騎兵，整個人如風箏一樣從馬上飛下來，重重地栽在地上，那強橫無匹的力道相互撞擊，讓他胸口有些發悶，躺在地上呼哧呼哧地大口喘氣。

果然是西夏人，他看到後隊大批穿著西夏騎兵皮甲的騎士出現，他們如風一樣呼嘯而來，和與他們正面衝撞的騎兵會合在一起，而他帶來的勇士，沒有在離城的方向撕開一道口子，被徹底地擋了回去，陷入了萬千的騎軍之中。

「可惡！」椰術心裡咒罵，數百人在成千上萬的騎隊中顯得說不出的無力，而跌落馬上的他已經看不到生路了。

若是平時不沉溺在溫柔鄉裡，不整日的酗酒，現在的椰術或許還有應變的能力，只是女人和美酒已經掏空了他的體力，竟連對方的一個騎兵都不如，若是當時閃避得及時，稍稍調整坐馬的方向，被撞翻下馬的絕對不是他。

只是這時後悔已經來不及了，他看到其他的勇士被砍翻下馬，四處都是嘶鳴和哀號，他生出絕望，一個人都沒有逃回去，連報信的人都沒有。

「父王和太后……」椰術生出絕望，他的部族至多只有兩千多個可用的騎兵，若是早有提防，或許還可以組織數千個牧民放手一搏，只是……全完了……

騎兵們沒有去理會他，在亂軍之中，落馬的騎士和死沒什麼分別，椰術在享受臨死前的最後一次呼吸，隨後，他發現數十個戴著鐵殼帽的人騎馬圍住了他。

「殿下！」一個穿著金甲的人打馬過來，四處都傳出敬畏的招呼聲，這人只是淡淡地笑，那笑容如沐春風，倒像是草原上的男人騎著馬去迎親一樣。

他翻身下馬，鐵殼帽們一齊從馬上翻落下來。沈傲走到椰術身邊，只朝椰術看了一眼，隨即提起軍靴，用馬刺在椰術身上踢了踢，回頭對一個鐵殼帽道：「是一個王子？」

身後的鐵殼帽頷首點頭道：「腰間繫了淡黃的帶子，是王子沒錯。」

博士們在學堂裡教過，沈傲唔了一聲，蹲下身打量著椰術，他身邊的許多人也蹲下來，看著沈傲和椰術。

椰術有一種被人圍觀的羞憤，嘴上哼了一聲，很想像一個勇士一樣，要死也死得轟轟烈烈一些。可是他被撞得脫臼的胳膊，卻讓他使不出一點力氣來，每一次用勁，都傳來錐心的疼痛。

沈傲繼續看他，嘴角露出淡淡的笑容：「你，會不會說漢話？」

椰術聽得懂漢話，卻聽不懂沈傲的漢話，豆大的汗珠從額頭上落下來，咬著牙忍住這羞辱和疼痛。

沈傲見他眼中閃過一絲茫然，臉上露出沮喪之色，不由道：「這傢伙不會說漢話，還是王子，一點文化也不懂，宰了！」

校尉們紛紛抽刀，沈傲的這句話椰術才聽懂了，冷哼一聲，用漢話道：「要殺就殺！白山黑水的英雄不害怕死亡。」

咦，沈傲狐疑地看了他一眼，忍不住道：「原來你會說漢話，娘的，會說漢話還敢不答本王的話，實在可恨。」說罷站起來，用馬刺狠狠地踢他幾腳，踹得椰術嗷嗷慘叫。

沈傲又再度蹲下，心平氣和地道：「既然會說人話，那麼本王給你一個痛快點的死法，回答本王幾個小小的問題就可以。」

椰術冷哼道：「白山黑水的英雄……」

沈傲撇撇嘴，輕蔑地打斷他道：「白山黑水的英雄會被本王閹掉，再赤著身子拉到西夏去遊街，每天用沾了鹽水的鞭子狠狠鞭撻，再請兩個最好的大夫照料，讓這狗屁英雄求生不得，求死不能，你是英雄還是狗熊？」

椰術聽得直抽冷氣，眼眸中閃過一絲驚慌，嘶聲道：「殺死我，殺死我！」

沈傲嘆了口氣，道：「本王很喜歡交朋友，也很想幫助你，可是你連本王這一點點小小的要求都不能滿足，叫本王怎麼幫助你？」

他的臉色一沉，厲聲道：「離城有多少人馬？」

椰術只猶豫了一下，在沈傲帶著威脅的冷眼下，便驚慌失措地道：「兩……不，五千……」

沈傲站起來，狠狠一腳踹中椰術的下身，椰術弓起身子，嗷一聲嚎叫起來。

沈傲很純潔地道：「本王想聽真話，再問你最後一遍，有多少人馬，再不老實回答……」他陰惻惻地笑起來，連圍在椰術身邊的校尉們也被傳染，一起咯咯地冷笑。

椰術有氣無力艱難地道：「……兩千一百多人……」

沈傲又站起來，狠狠踹了他的下身一腳，椰術又是嗷嗷痛叫，眼淚都擠了出來，這時候哪裡還顧得上什麼英雄狗熊？整個人像是癱成了肉泥一樣。

沈傲笑嘻嘻地道：「本王最討厭別人騙我。」

椰術眼淚嘩嘩流出來，咬著牙道：「我……沒有欺騙你，不信……你去問其他人……」

方才的話，實在是沈傲冤枉了他；沈傲見他的臉色不似作僞，臉上立即浮出一絲歉意，方才踹他一腳，不過是想證明一下椰術話中的真實性而已。誰知人家這麼有誠意，實在是有點不好意思。便訕訕一笑道：

「抱歉，抱歉，來人，去叫個護理校尉來，給王子治治傷，敷點藥草。」

過不多時，便有個校尉排眾而出，俊俏的身材，惹來無數如狼的目光上下打量，一張俏生生的臉上帶著幾許興奮，薄唇輕輕抿起，很有幾分俏皮。

沈傲回眸一看，竟是蘁兒，不由呆了一下。這丫頭如今出落得更加好看了，怎麼隨軍到了西夏，也不和自己打一下招呼？

齉兒看到沈傲，俏臉上染上冷霜，可是心中仍不免有些喜悅，做了這護理校尉，雖然救死扶傷，可是重傷都是教頭診治，她做的最多的也不過是給人接接骨、敷敷藥而已。自認爲一身的本事，竟是無處施展，早就盼著上天降下一個半死不活的傢伙給她實驗一下。難得有這個機會，立即跳出來了。

「齉兒……」沈傲朝她打招呼。

齉兒不理會他，目光落在椰術身上。

走到椰術身邊，略略一看，嗯……手骨脫臼了，不是什麼重症，臉上有擦傷的痕跡，敷些藥就好了，再往下看，看到有血跡浸濕了褲頭……齉兒怒了，這傢伙的重症竟在褲襠上。

「原來這就是重症，虧得姑奶奶還興沖沖地跑過來！」

椰術嗚嗷地叫，眼中滿是企盼。

「居然還是個女真人。」齉兒心中悲憤地想。

結果，椰術等來的不是齉兒的妙手，而是那穿著鹿皮靴子的長腿，一腳狠狠踹中他的重傷之處。接著，齉兒拍拍小手，淡淡地道：「踢爛了就不疼了！」說罷，揚長而去，還不忘挑釁地看了沈傲一眼。

那些眼神帶著幾許不懷好意的校尉們，霎時表情驟變，後脊有些發涼。

「這……」沈傲看到椰術嘶聲嗷叫，不禁抓住他的手道：「王子兄，實在抱歉得緊，大夫說了，再忍一忍，爛了就不疼了！」

椰術嗷嗷叫道：「殺了我，殺了我……」

沈傲道：「在王子兄死之前，本王再問你幾個問題，乖，沒事的，世界很快就能清靜了。離城附近有沒有你們女真人的軍馬……」

……

沈傲拔出尚方寶劍，狠狠地扎在了椰術的喉頭上，劍鋒抽出來時，飆出一支血箭。沈傲後退一步，避開了四濺的血。椰術捂著喉嚨，臉上沒有太多的憤恨，反而像是解脫了一樣，他抽搐了一下，吐出幾口血沫，身子終於不再動彈。

沈傲站起來，一雙眼睛閃露出貪婪的光芒，望著草原的深處，微微一笑道：「居然還有個太后，現在有點意思了。」

一個抱著手的校尉不禁道：「殿下，您對太后也……」

沈傲立即賞了他一個爆栗，惡狠狠地道：「你可以懷疑本王的人格，但是不能懷疑本王的品味。他娘的……全部上馬，今天夜裡到離城慶功歇息！」

所有人皆翻身上馬，留下幾百個女真人的屍首，騎軍開始緩緩移動起來。

星月的黯淡辰光籠罩在離城上空，不管是武士還是城外的牧民，都從離王府分到了三兩烈酒，慶祝太后的駕臨。一團團篝火燃起，圍坐在篝火旁的武士和牧民歡快地喝著烈酒，燒烤著羊腿。

羊肉的香味傳出來，讓人忍不住垂涎三尺，許久沒有這麼痛快過，難得離王主子大發慈悲，太后娘娘駕臨離城草場，所有人都忘去了不快，忘卻了祁連山的戰事，酒精的發酵下，許多人放喉高歌起來。

離王府裡，也是張燈結綵，鮮嫩的小羊羔，一盤盤的牛肉，美酒馬奶，都獻到了太后的酒案上。努爾赤與太后同炕而坐，敘著家常，說起族人遷徙到離水草場的事，談及子侄們的勇猛。

太后輕輕捏了一團羔肉淺嘗即止，卻是不斷地唏噓，祈津府哪裡都好，宮中的御廚也是手藝精湛，只是在那裡，再也嘗不到這種滋味。努爾赤哈哈一笑，端了一杯馬奶到太后手上，兄妹相談更歡。

只是努爾赤向帳下逡巡的時候，發現帳中好像少了什麼，他不禁陰沉著臉，喚來一個小小的管事，問：「椰術爲什麼還沒有回來？」

管事道：「應該快了！」

努爾赤心中生出一絲擔憂，可是很快就被這喜慶沖淡，心想，或許他們遇到了草原的狼群吧。狼群是草原最可怕的生物，尤其是在夜裡，牧民們撞見了牠們，十有八九是要葬身狼腹的；不過椰術帶去的是數百個勇士，絕不可能出事，最多耽誤一些工夫罷了。

努爾赤開懷大笑，舉起盛酒的牛骨大杯，向太后敬酒，說了一籮筐吉祥如意的話。太后端起馬奶，中氣十足地道：「我們一齊恭祝草原的大可汗永遠智慧勇武，早日入關，帶領我女真的健兒，去建立赫赫奇功！」

帳中的貴族熱血沸騰，一齊舉起酒盞道：「烏突！」

酒宴一直持續了一個多時辰，午夜的大漠，朔風中帶著刺骨的寒意，篝火和下肚的烈酒也抵擋不住這種寒冷，牧民們一個個擦掉了水漬，熄滅掉篝火，打算回去自家的帳篷。

正是這個時候，草原的深處，傳來隱約的馬蹄聲，牧民不由有些愕然，心中在想，這是什麼時候了，居然還會有人趕著馬群回來？又想，或許是夜裡受了驚嚇的野馬也不一定。

他們當然沒有意識到任何的危險，這幾年來，女真人擊敗了所有大漠中的部族，建立了草原最強大的帝國。草原各族早已向女真俯首稱臣，遠遠地躲避女真人都來不及，哪裡敢在離城附近大規模地出現？

至於西夏和契丹人，就是最低等的牧民也是不以為然，契丹人已經成了喪家之犬，而西夏人雖然僥倖勝了女真一場，可是離城距離西夏的邊關這麼遠，西夏立國以來，什麼時候敢把觸手和足跡伸到這裡來？

馬蹄聲越來越近，反倒是幾個女真武士興奮地騎上馬，紛紛道：「想必是梛術王子回來了！」於是幾十個武士騎著馬飛快出去，向著馬蹄的方向飛馳。

陰霾的夜空之下，一個個策馬的騎士從黑暗中飛馳出來，就在不遠處，是一座小山丘，打馬在這山丘之上，正好可以看到離城的暗淡篝火。

沈傲約束著座下的駿馬佇立在山丘上，朔風拂面，他的臉上彷彿結了一層冰霜，連表情都舒展不開。

沈傲目視著極遠的方向，聽到了隱約的歌聲和朔風的嗚嗚聲，星辰與地上的篝火相互輝映，沈傲闔著眼，眼眸清澈而閃亮。

「金銀珠寶，我來了！太后，我來了！」他大叫一聲，反正在這曠野上，任何聲音都會被馬蹄聲湮沒。

身後的護衛一陣尷尬，臉上露出奇怪的表情。鬼智環戴著鬼面，在夜空下莞爾一笑，只是這傾城一笑，卻被面具擋住，否則足以成為黑暗中的一道風景。

沈傲抽出腰間的尙方寶劍，看到山丘下一隊隊飛馳而過的馬隊，劍鋒前指，道：

「女真人不事生產，專以劫掠爲生，性如豺狼，如同禽獸，殺過去，搶了他們的不義之財，替天行道！」

沈傲突然感覺，君子果然不一樣，連殺人都要說出一番道理，如此一來，腰不酸腿不痛，連搶劫都沒心理負擔了。

沈傲又是將劍鋒狠狠向前一劃，道：「殺！」身後的護衛營脫韁而出，在黑暗中，千萬匹戰馬從四面八方朝著一個方向疾馳。

在接近帳篷及馬圈時，所有人爆發出最後的嘶吼：「殺！」帳中的牧民才發覺到異樣，他們來不及穿上襖子，從帳中出來，與此同時，女人和小孩的哭聲也隨之亂成一片。

男人們想要抵抗，可是來不及了，最外圍的一個牧民，還沒有趕到自己的馬圈，就被呼嘯而至的騎兵撞翻在地，馬蹄狠狠地踩在他的肋骨上，他嗚嗽一聲，揭開了殺人之夜的序幕。

衝過來的騎兵實在太多，源源不斷，像是田野中的蝗蟲一樣，鋪天蓋地，密密麻麻的看不到盡頭。一個個騎兵飛快地騎著馬，高舉著武器，撞入篝火，火光四濺，引燃了四處的帳篷。

一排排騎兵前鋒，在飛馳的衝撞之後，迅速地加快馬速，跨過離城的土墩，接著放馬衝入離城的核心。城內並沒有點起篝火，薄薄的雲層遮住了天上的星月，騎兵衝入這裡，漆黑得伸手不見五指。

「殺！」隊前一人大吼，身後無數的鐵蹄緊緊跟隨，那一雙雙清澈的眼眸，此時散發出嗜血的光芒。

有人點起了火把，離城之內的建築稀稀落落，大多都是木製結構，若是縱火，立即就可以將城中的貴族燒成灰燼。不過，校尉們顯然不想這樣做，攝政王的命令是搶他娘的，不是燒他娘的，放火一燒，就什麼都沒了。

街道上，任何一個出現的人影，立即被橫衝直撞的騎兵斬殺乾淨，接著，騎兵將一座座建築包圍起來。與土墩外的牧民聚集點不同，那裡到處都是孩子和女人的哭叫聲，到處都是臨死之前的哀號；而這裡，卻是出奇的沉寂，靜得有些可怕。

沈傲不理會土墩外的殺戮，這個豺狼一樣的民族，之所以如此肆無忌憚，是因爲從來沒有人將他們打痛過，他們只知道殺人的快感，而從來沒有體會到被人殺戮的痛苦。今日，沈傲就要讓他們切身體會這種痛苦。

沈傲淡淡道：「先不急，讓將士們逐一搜捕，先把人清除來。」

「遵命！」

黑暗中，命令傳達下去：「搜！」一座座建築的大門被撞開，接著是打著火把的軍馬呼啦啦地衝進去，離城裡，陣陣哀號聲傳出來。

鬼智環不知什麼時候來到沈傲身邊，道：「女人和孩子也殺嗎？」

沈傲抿抿嘴，沒有做聲。

黑暗之中，軍卒們揪出一個個人來，所有人都被集中到長街上，火光照耀下，長刀狠狠地揚起，乾脆俐落地斬下去；接著是悶悶的聲音：「下一個……」

沈傲突然回眸，看了鬼智環一眼，淡淡道：「女人會生孩子，孩子長大之後會變成豺狼，女真人開了屠殺的先河，本王不過是邯鄲學步而已。」

鬼智環什麼也沒說，靜靜地駐馬立在一邊，幽幽的眼眸落在長街的一灘血上。

等到周邊所有的聲音全部戛然而止的時候，沈傲大手一揮，道：

「隨本王進離王府。」

「遵命！」數百個校尉為先鋒，沈傲和護衛在中隊，身後是數百個橫山勇士，足足七八百人。

離王府是離城最雄偉的建築，木製的角樓瓊宇連綿數百米，或許曾經是某個契丹王公的住所，因此還殘存著許多契丹人的建築風格，火把照耀過的地方，無不是奢華無比，比之落魄的離城，實在是好上了千倍百倍。

迎面有稀稀落落的幾個女真護衛從黑暗中絕望地衝殺過來，但隨即便有數十柄長矛對準了他們，還沒等他們靠近，無數的長矛向前一挺，便令他們萎頓下去。

各處的閣樓很快就被軍卒們控制住，這座雕梁畫棟的宏偉建築，如今卻如一絲不掛的少婦，呈現在了沈傲的眼簾。

女真太后剛剛睡下，便聽到遠處一陣喊殺，一開始她並不在意，等到喊殺聲鋪天蓋地而來，一時也有些局促不安了。

離王努爾赤帶著幾個子弟過來，臉上露出惶恐之色，道：「太后……快隨臣弟離開這裡，西夏人……來了！」

太后臉若寒霜，猶自不信，厲聲道：「努爾赤，你胡說什麼！他們怎麼會來這裡？你自己也說，這裡深入大漠，他們絕不敢來的。」

努爾赤浮出一絲苦澀的笑容，若不是親眼目睹此情此景，他也絕不相信那西夏攝政王竟如此的橫行無忌，居然把主意打到了離城草場。他手不禁顫抖了一下，跪下道：「太后金體不容有失，先避一避再說吧。」

太后不禁動容，聽到樓外傳出一陣陣清脆的馬蹄，不由吁了口氣道：「這個時候，我一個女人能逃到哪裡去？」

努爾赤雙目赤紅，道：「無論如何，臣弟也不能讓您落在那狗蠻子手裡。」

這時有個人竄進來，驚慌失措地道：「離王府被夏軍圍了，到處都是西夏軍馬，太后，大王……」

太后坐下去，突然想起什麼，道：「快，把那東西收起來，絕不能落在夏軍手裡。」

努爾赤不由失神：「是什麼東西？」

太后身邊的一個護衛也是大驚失色，道：「是我女真的至寶，這一次陛下讓太后省親，叫人把那寶物也帶了來。」

努爾赤魂不附體，不禁道：「你是說黑水璧？」

所謂黑水璧，乃是完顏家的傳家之寶，定都祈津府之後，完顏阿骨打將玉璧雕刻成了印璽，只有在祭天時才肯拿出來，是女真人無上的珍寶。

女真脫胎於母系社會，女性的地位崇高，這玉璧一直由太后保存，若是落在了西夏攝政王的手裡，雖然這寶物不算什麼，可是對女真人的士氣影響卻是極大的打擊；這個天權授予完顏家族的象徵一旦丟失，各個部族縱然在完顏阿骨打尚在的時候服服貼貼，誰知道等到阿骨打死了，各族會打什麼鬼胎？

太后之所以忘掉自身的安危，掛念著這玉璧，實在是干係太大，她年紀快過七旬，已經沒幾年活頭，可是還想著讓自己的子孫將這玉璧永世流傳下去。

「怎麼……怎麼把那個東西也帶了來？」努爾赤目瞪口呆。

太后強自鎮定道：「當時只顧著衣錦還鄉，卻沒有預料到這個。」她急促促地道：

「快從我的箱子裡將玉璧拿來。」

過不多時，一個隨太后同來的護衛捧著一方匣子過來，單膝跪在地上。

太后道：「舉著做什麼？快……藏起來，不要讓他們找到了。」

「來不及了。」離王苦笑道：「阿姐……太后……不如讓我帶著府中的侍衛去衝殺阻敵，你快趁機帶著這寶物逃了吧。」

正在這時候，無數的腳步聲傳來，越來越快，越來越急促，偶爾有一聲慘呼傳出，有人用女真話喊道：「保護太后……啊……」

離王大吼：「阿姐，快從後門走！」

後門也傳出急促的腳步聲，大門被幾個校尉撞開，呼呼……隨著一扇雕花木門轟然倒下，朔風灌進來，吹得人的眼睛都睜不開，燭光搖曳，霎時熄滅。

只是火把卻將這裡照了個通亮，一隊隊校尉帶著刀進來，鐵殼帽下的眼眸漠然地看向他們。

一個穿著金甲的人跨過了門檻。他穿著合體的鎧甲，戴著通天冠，在火把的照耀下，顯得格外的英俊，嘴角邪魅一笑，道：「走後門的人，本王最是討厭了。怎麼？諸位看起來不太歡迎本王？」

屋裡的人面面相覷，離王帶著自家的幾個王子拱衛住太后，其餘的侍衛這時卻將手垂了下去，眼眸渙散。

沈傲舉步張望了一眼，見殿中奢華無比的陳設，不禁莞爾一笑，道：「這麼好的地方，能住在這裡的，一定是貴人！聽說女真太后大駕光臨，不知哪個是？」

第一〇三章 一舉雙贏

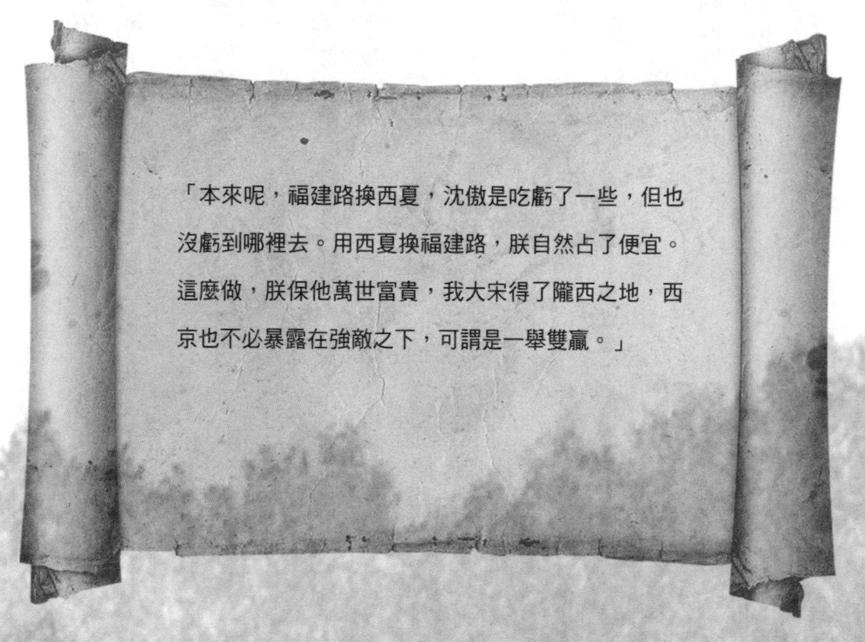

「本來呢，福建路換西夏，沈傲是吃虧了一些，但也沒虧到哪裡去。用西夏換福建路，朕自然占了便宜。這麼做，朕保他萬世富貴，我大宋得了隴西之地，西京也不必暴露在強敵之下，可謂是一舉雙贏。」

其實沈傲的目光早已落在太后身上，這屋子裡只有一個老婦人，當然就是她沒錯。沈傲故意這麼問，臉上帶著嘲弄，像是貓戲老鼠一般。他喜歡這種感覺，有什麼事能比嘲弄劊子手的老娘更有趣？

太后正容坐在位上，道：「我就是，你就是西夏攝政王？」

隔著離王和幾個小王子，沈傲像是敘說家常一樣與這太后攀談起來：「正是本王。」說罷笑得很是單純，繼續道：「本王這次來，一是想接太后去西夏玩玩……」

說到玩玩的時候，校尉們臉色有點抽搐，這細微的變化被沈傲看到，沈傲不由勃然大怒，又不是那個「玩」！博士都是怎麼教育的？心裡腹誹了一番，臉上卻還是保持著笑容，繼續道：「順便呢，請太后寫一封信給完顏阿骨打，太后意下如何呢？」

太后冷笑一聲，道：「若是不呢？」

畢竟是完顏阿骨打的生母，倒是頗有幾分膽氣；只是沈傲最不怕的就是「膽氣」兩個字，呶了呶嘴道：「來人！」

「在！」數十個校尉一起回應。

沈傲淡淡道：「殺一個狗崽子。」

數十根長矛，整齊劃一的向橫在太后身前的幾個王子戳過去，其中一個王子大吼一聲，身上捅出七八個窟窿，倒在血泊之中。

沈傲看都沒看地上哀號的人一眼，繼續道：

「太后還是從了本王吧，現在只是殺幾個人，若是再不肯，本王就只好剝了太后的衣衫，讓太后光溜溜地在這青青的草原上裸奔了，女真太后裸奔於草場，哈哈……這要是傳出去，對阿骨打的聲譽，想必不太好吧。」

太后咬了咬牙道：「你敢？」

沈傲漠然地看著她道：「本王能來殺離王全家老幼，還有什麼不敢？」

太后猶豫了一下，咬牙道：「好，我寫。」

立即有個軍司的博士拿了文房四寶出來，放在几案上，太后提了筆，冷冷道：「攝政王要老身寫什麼？」

沈傲淡淡道：「先寫『女真國主完顏兄安好』。」

太后狐疑了一下，用女真的蝌蚪文寫了出來。

沈傲繼續道：「汝母與本王相見甚歡……」

這一下，校尉們的臉上又有點不太對勁了。

沈傲也感覺這話有點曖昧，便繼續道：「後面加一個小注，教完顏兄不要驚疑，本王和完顏兄的母親是清清白白的。」

太后冷冷地看了沈傲一眼，卻不得不繼續寫下去。

沈傲繼續道：「完顏兄純孝之心，本王名聞已久，本王近來手頭有點緊，又得知閣下藏有金銀珠玉無數，因而厚顏請賞。」他嘿嘿一笑，對一個博士道：「算出來了嗎？」

那拿文房四寶的博士頷首點頭道：「算出來了，祈津府再加上契丹人在大漠的財富，只怕不下二十億貫。」

沈傲咳嗽一聲，道：「那就請完顏兄大發慈悲，隨便拔一根毛，拿十億貫來西夏，太后到時自然能平安回祈津府去。如若不然……」

他嘿嘿一笑，突然感覺自己實在太過邪惡，咂咂嘴道：

「本王就不客氣了，汝母想死，卻也沒這麼容易。本王近來打算建立一個戲班子，上演一齣武則天與三十面首的好戲，到時候少不得請太后來做這個主角。咳咳……這戲班子若是遠道去契丹、吐蕃、大宋各國巡迴演出，不知會有什麼奇效？」

太后聽了，落筆的手不禁抖動，臉上浮出一絲不甘，這時候她或許已經在企盼，希望完顏阿骨打如數將她贖回去；又後悔方才不肯自盡，如今卻是想死也不可得了。

便是那些校尉，也覺得沈傲實在太過邪惡。沈傲卻是旁若無人，一點心理負擔都沒有。

其實他知道，對比女真人，他還是很文明的。歷史上，女真人攻破汴京，俘獲無數漢人北上，多少帝姬成了他們的玩物，那些嬪妃更是飽受了無數折磨，又有多少人受盡了凌辱，求死而不可得。那繁華的汴京城在女真人洗掠之後，從此一蹶不振，再也沒了往日的繁華。既然如此，沈傲完全不介意做得更過分一些。

待太后寫完，沈傲把信拿起來，呵呵一笑道：「這就對了，大家各取所需才是。」看著這信，就像看到了一座金山在朝他招手，一路跋涉的辛苦都忘了個乾淨。

他收了信，隨即目光落在一個護衛手上的匣子上，走過去，抽出尚方寶劍在盒子上敲了敲，道：「這裡頭裝的是什麼？」

那護衛鐵青著臉，什麼都不敢說。

沈傲道：「拿來！」幾個校尉撲過去，搶過了匣子。沈傲輕輕將匣子揭開，一塊方正的玉璧出現在沈傲面前。

沈傲眼睛一亮，將印璽的底部翻開，上面刻的是女真的蝌蚪文。

「有誰告訴本王這是什麼，本王饒他不死。」

閣內鴉雀無聲，誰都不敢說話。

沈傲淡淡一笑道：「來人……」

「我說……」一個王子居然站出來，他不敢去看太后和離王的眼睛，魂不附體地道：「這是我女真的國寶，是上天賜給完顏家族的信物……我……我可以走了嗎？」

沈傲頷首點頭道：「來人，給他一匹馬，三天的乾糧，打發他走。」

這王子面露出喜色，正要歡呼雀躍，這時，他身邊的離王卻是一刀狠狠刺入他的胸口，怒吼道：「不肖的狗東西……」

王子難以置信地看著離王，胸口已經染紅了一片，隨即整個人萎了下去，倒在血泊中。

沈傲卻不理會這個，沉聲道：「來人，把所有人都關押起來！」

「萬歲！」

疲倦了一夜，如今總算可以歇息一下，坐下來吃喝，再美美地睡上一覺，對這些校尉軍卒來說，已經是十分奢侈的事，於是一齊高呼一聲。

草場上的大火漸漸化作了灰燼，無數的屍體被堆積起來一起燒掉，至於牛羊駿馬還留在圈裡，明日清早就可以帶走；土墩裡，還有一部分博士和校尉在忙碌，幾百個人輪班清點勝利品，一直到三更時，才大致有了一個數目。這時，沈傲已經在離王府進入了夢鄉。

天剛拂曉，沈傲帶著一雙熊貓眼興沖沖地起床，連洗漱都顧不上，就急匆匆地將清點的博士叫來問話。

「殿下，此次共收繳了金銀珠寶四十多車，若按市值來估計，只怕在四千萬貫以上；若是再加上成群的牛羊和駿馬……」博士用保守的口吻道：「這數字只怕要上億貫了。」

「這麼多……」沈傲原以爲能有個五千萬貫已經是極限，誰知這離王的家底竟這樣的厚實。

博士笑道：「在大漠，金銀珠寶並不值太多的錢，牛羊駿馬也不算什麼天大的財富，可若是拿到大宋和西夏，價值至少要翻個幾番了，卑下是用西夏和大宋的貨值估算的。」

沈傲呆呆地看著博士，喉結不由地滾動了一下，不禁道：「發大財了……」從前抄家的時候，上億貫的財富，沈傲不是沒有碰到過，可是那些畢竟不是自己的，如今，這天大的財富，卻都要落入沈傲的私囊。

「如今——本王也算是個有錢人了吧？」

沈傲從王府裡出來，許多校尉已經開始堆積乾柴了，大軍即將回程，離開之前將這裡夷爲平地是必須的。

鬼智環打馬在門口等著，待沈傲出來，注視著沈傲，沈傲也看著她，不禁淡淡一笑道：「環兒看我做什麼？」

鬼智環淡淡道：「不知道你到底是好人還是壞人。」

沈傲認真地道：「大多數時候，我還是個好人，好人的成分至少占了八成。」

鬼智環道：「何以見得？」

沈傲微微笑道：「我睡覺、吃飯、看書的時候是好人，這些時間大致占了八成。」

鬼智環忍不住一笑，道：「這麼說，你做事的時候就是壞人？」

「其實，」沈傲爲自己辯護道：「我還是做過一點好事的，你不要老是用這種眼光看我。」

「哦？」鬼智環饒有興趣地道：「敢問殿下做過什麼好事？」

鬼智環的性子，沈傲到現在還摸不透，彷彿心中總是藏著什麼心事，對自己忽冷忽熱。

沈傲深吸了口氣，掰著手指頭想舉出例子來，可是在腦子裡搜索了一下，居然悲劇地發現，堂堂攝政王，好像真的沒有做過什麼能拿得出來顯擺的好事。他很失敗地搖搖頭道：「我很大方。」

鬼智環表示不信的樣子。

沈傲咬咬牙，伸出一根手指：「爲了證明，我打算捐出一萬貫真金白銀來，在龍興府施捨粥米。」

鬼智環笑道：「這本就是攝政王該當做的事。」她頓了一下，又道：「況且一萬貫，是不是少了一些？」

沈傲心裡一緊，想：這丫頭莫不是想詐我沈公雞的錢財？不能上了她的當，立即打了個哈哈，笑道：「今日天氣不錯，陽光明媚，萬里無雲。好一個塞外江南，被這陽光一照，心情都格外的好了。」

鬼智環突然道：「殿下難道不怕將這裡夷平，殺了女真人的藩王、王子，又俘獲了他們的太后，完顏阿骨打會傾國而起，報復西夏？」

沈傲撇撇嘴道：「若是完顏阿骨打當真這樣做，就不是這大漠的第一梟雄了，一個連隱忍都不知道的人，不足爲懼。」他不由冷笑道：「本王倒是巴不得他放棄契丹，轉而來攻西夏，到時候，契丹人出關收復祈津府，女真人只怕唯有回到白山黑水的老家了。」

離城陷入火海之中，數百輛大車在騎隊的拱衛下蜿蜒而出。水草熏成了漆黑色，也開始劈啪地燃燒起來，滾滾的濃煙在遠遠十里都清晰可見。

「別了，離城！若是有機會，或許我還會再來光顧的！」沈傲淡淡地回望著身後滾滾的濃煙，催動了戰馬，飛快地趕到前隊去。

祈津府。

契丹的戰事已經有了眉目，契丹人雖然頑固抵抗，幾處關隘終於徹底被突破，現在要做的，就是集中大軍一鼓作氣南下，南下契丹三道，定鼎關內。

只是在這個節骨眼上，完顏圖圖全軍覆沒的消息迅速傳進大漠，女真人一向所向披靡，誰也不曾想到，這一次居然敗得如此徹底，甚至連敗兵都不鮮見。

這一場大敗，對祈津府上下軍民的士氣不啻是極大的打擊，女真不滿萬，滿萬不可敵的神話也就此告破，這時候女真人才知道，西夏已經不容小覷了。

若說祁連山的大敗讓女真人難以接受，那離城的洗掠，幾乎點燃了祈津府上下的怒火。

完顏阿骨打雖然殘忍無比，卻還算是一個孝順的兒子，他的父親早死，只有一個母親，否則對離王也不會如此優渥，每年給予的賞賜不計其數，而現在，離王一家老小三十五口悉數斬殺殆盡，太后也不知所蹤。

「找，立即去找，一定要將太后找回來！」完顏阿骨打幾乎對契丹的戰事已經不聞不問，全心全意地將注意力放在離水草場那邊。

兩萬禁衛鐵騎已經從祈津府出發，趕赴離水草場，可是很快，他們就耷拉著頭回來。那裡已經化為了灰燼，燒焦的房屋、屍首、帳蓬遍地狼藉。誰都知道，在此之前，這裡曾經發生過一場殺戮。至於那些西夏人，也早已不見了蹤影，斥候向著西夏邊關追過去。

西夏攝政王的騎軍已經入關，兩萬鐵騎只好無功而返，卻是帶了一封書信回來。

完顏阿骨打臉色鐵青，他已經很久沒有如此憤怒到極點了。他和他的鐵騎曾經橫掃一切，所過之處，各族紛紛臣服，誰也不敢忤逆他，就是那些該死的契丹人，雖然一面拼死抵抗，卻也儘量做到不去觸怒這個草原上的梟雄。如今，一個不起眼的西夏攝政王，卻是徹底地點燃了完顏阿骨打的怒火。

他迅速地將信函撕開，略略將信看完之後，臉上不由地抽搐了一下，道：「是母后的筆跡！」

兩班的將軍們一時意動，有消息總比沒有的好。

誰知接著卻見到完顏阿骨打狠狠地將信撕爛，無比憤怒地咆哮道：

「我完顏阿骨打向白山黑水之神立誓，若不親自割下你的頭顱，用千萬匹戰馬去踐踏你的軀體，我完顏阿骨打便萬箭穿心，不得好死！」

完顏阿骨打的怒火達到了一個新的高點，這封信威脅意味十足，說來說去就是一句話，這句話很有沈傲的風格：完顏兄，能不能借一點小錢來花花。

這筆小錢，卻是一筆天文數目，天下除了大宋的皇帝和完顏阿骨打，誰也拿不出來。只是拿這麼一大筆贖金去換一個太后，便是完顏阿骨打也要猶豫一下。

完顏阿骨打畢竟是一個梟雄，突然之間冷靜下來，一雙眼眸微微闔起，閃過一絲精厲之色，整個人彷佛一座大山，巍峨又沉重，慢吞吞地道：「沈傲那小賊索要我女真十億貫，否則……」

眾將們一時都是面面相覷，十億貫，這絕對是一個天文數字。且不說完顏阿骨打肯不肯，可他們這些做奴才的，卻無論如何也不能說個不字，否則將來主子當真聽信了自己的話，到時候又突然感念起太后的養育之恩，秋後算賬起來，可要吃不消。

一個漢人模樣的主簿站出來，道：「主子，府庫中的黃金現銀至多也不過七億貫上下，軍餉和宮裡的用度，倒是可以從各部族那裡支用一些，只是……」

完顏阿骨打淡淡道：「南人喜好珠寶和字畫，契丹人曾留下不少，也可以用來抵用。」

這主簿略略一想，心中有了計較，繼續道：「珠寶和字畫倒是多不勝數，如今都藏在府庫裡，價值只怕不在五億之下。只是……」他猶豫了一下，才道：「怕只怕沈傲那小賊借此壓低珠寶和字畫的價錢。」

珠寶和字畫對完顏阿骨打來說都是無用之物，拿出去也不可惜，他真正心痛的還是真金白銀。這時候，他甚至巴不得生母還是死了的好，拿出這麼一大筆錢來贖回一個婦人，便是貴爲太后也大大不值。

不過完顏阿骨打明白，沈傲那小賊絕不會殺了太后，到時候若真如信中所說，將太后押到各國去，非但女真人的威信掃地，完顏家族也將爲此而蒙羞。一旦人們對女真沒有了畏懼之心，不說契丹人的抵抗會更加瘋狂，就是草原上的各個部族，還會肯甘心受女真的奴役嗎？況且，沈傲手裡捏著的，還有一件完顏阿骨打不得不屈服的寶物，他一定要拿回來。

完顏阿骨打闔著眼道：「這小賊的胃口太大了，派一個使者，去和西夏接觸。」

九月的汴京城，天氣異常的悶熱，一大清早，門下省就遞出一個叫人目瞪口呆的消息。

「帶罪之臣太原知府王直奏爲陳惘：中和二年九月初三，衙內天井群蛙夜嘯，天空陰霾陣陣，隱隱有悶雷之聲。臣大驚，不知何故。於次日午時二刻，陡然地震山搖，天崩石裂。懷州倒塌民房不可計數，死傷巨萬，此時正是秋汛之時，堤壩震毀，大水肆虐，荒野之處，浮屍百里……罪臣拊心刻骨，欲插翅報效君恩，於是連遣胥吏賑濟，安撫人心，只是流民日多，流言四起，臣有心而無力，束手無策，懇請陛下調米糧、藥草若干，以賑災情。微臣萬死，敢不捐軀報效，贖萬死之罪。」

這份奏疏遞到門下省的時候，猶如引發了一場極大的海嘯，讓剛剛值堂的書令史們，一下子措手不及。

所有人都放下了手中的活計，仔細地閱讀這份奏疏，臉上又青又白，最後還是值堂的錄事最先反應過來，道：「李大人還沒有來？快，去叫！」

這時，李邦彥的聲音響起來，他步入門檻，淡淡笑道：「怎麼？什麼事大呼小叫的，像是失了魂一樣。」

做了一年的首輔，李邦彥這個門下省代行門下事已經扶正，如今也算是修成正果，日子過得倒還算愜意。

他和蔡京不同，蔡京每日起得極早，不管做不做事，都要做出個勤懇的樣子；而李邦彥不是不想早起，只是他這浪子是實在起不來，因此若不是入宮，其他時候往往等到門下省理清了頭緒，他才姍姍來遲。

錄事拿著奏疏，踉蹌地跑到李邦彥的跟前，將奏疏遞上去，蒼白著臉道：「大人且先看看再說。」

李邦彥含笑接了奏疏，儘量做出宰相的氣度出來，可是等他揭開一看，整個人暫態變成了呆雞，忍不住道：「太原地崩了？」

錄事道：「太原知府連夜送來的消息，確實是地崩，死傷無數，現在正請朝廷賑災，若是再延遲，流民和瘟疫滋生出來，就是大禍事了。」

李邦彥一屁股在自己位置上坐下，整個人魂不附體，忍不住道：「怎麼這時候地崩了？偏巧是這個時候……」

所謂地崩，就是地震，這消息應當最先送到欽天監去，門下這邊也有一份，李邦彥才剛做穩了位置，屁股還沒有熱，卻撞到了這種事，也活該是他倒楣。他手顫抖了一下，又拿起奏疏，不禁道：「快，叫欽天監監正來。」

書令史還沒有去叫，那欽天監監正杜匯就已經急匆匆地來了，遞上一份奏疏，自然是為宮中分析地崩原由的。

李邦彥先將這杜匯留下，一面看了杜匯的奏疏，又臉色驟變，奏疏上寫著：

「夫天地之氣，不失其序；若過其序，民亂之也。陽伏而不能出，陰迫而不能蒸，於是有地崩。今太原實震，是陽失其所而填陰也。」

這段的意思看似普通，大概意思是：天地間的陰陽之氣，是有平衡有序的；如果亂了，陽氣沉伏不能出來，陰氣壓迫著它使它不能上升，所以就會有地震。如今太原府發生地崩，是因為陽氣不在原位，而為陰氣所鎮伏。

說的再直白一些，就是陰陽失調。

這四個字對李邦彥來說，不啻是要了他的老命。陰陽失調，陰氣是由誰引發的？說穿了，就是要有個人出來背黑鍋。

這個黑鍋也不是什麼人想背就能背，皇帝不行，若換做是其他的天子，或許會將黑鍋背在自己身上，下發罪己詔，自省政務的得失。可是當今天子，卻是個愛惜羽毛之人，豈肯向天下人宣示地崩是因爲自己施政不當引發出來的？那麼，這施政不當惹來天怒人怨的黑鍋，自然該他李邦彥來背。

這個黑鍋，他李邦彥背不起，當然也不能做這冤大頭，可是偏偏除了他，再也找不到第二個合適的人選出來。

李邦彥臉色陰晴不定，隨即狠狠將奏疏抛在地上，冷笑道：「胡言亂語！」

李邦彥沉默了一下，隨即又道：「這奏疏沒有其他人看過吧？」

錄事呵呵笑道：「回大人的話，那杜匯是個書呆子，寫了這個就直接交來了。」

李邦彥看了這錄事一眼，道：「這奏疏交上去，門下省上下都要玩完，你知不知道？」

錄事抿著嘴，什麼也不敢說了。

李邦彥道：「拿筆墨來。」

錄事眼皮一跳，不由地叫道：「大人……」

李邦彥微微笑道：「放心，這奏疏是直陳宮中的，不會再有人看到。誰也分不清真假，再者說，杜匯的字跡仿的是蔡體，好拿捏得很。」

他嘴裡說得輕鬆，其實額頭上也滲出冷汗，奏疏遞上去，他李邦彥也就完了，什麼榮華富貴，最後還不是要黯然收場？倒不如拼一拼！

李邦彥咬了咬牙，冷笑一聲，叫這錄事拿了筆墨來，照著杜匯的奏疏重新寫了一份，上面寫道：「地，陰也，主臣民。今太原在北，恐北宮釀禍之故。」

太子是東宮，皇后乃是西宮，至於北宮，意指的是皇后之下的四夫人。鄭妃雖然受寵，卻一直不能進階四夫人，李邦彥這一次倒是乾脆直接，正好趁機爲鄭妃鋪平道路，借著這地震，爲自家撈些好處。

李邦彥的行書本有大家風範，他出身市井，也最好臨摹，蔡京、趙佶、沈傲這樣的名家他自然臨摹不出，可是要臨摹杜匯的字卻不至出什麼大的破綻。再者說，那杜匯的字，宮中也未必認得，以假亂真是足夠的。

這份奏疏遞上去，若是宮中不喜，到時候自然是拿杜匯治罪。

李邦彥吹乾了墨跡，心裡已經有了計較，朝這錄事笑道：「去和那杜匯說，他的奏疏，本官這就遞上去，讓他繼續候命吧。」

錄事驚懼地點了點頭道：「下官這便去。」

李邦彥突然道：「回來。」

錄事滿頭大汗地回過頭問道：「大人還有什麼吩咐？」

李邦彥慢吞吞地揚起自己更改過的奏疏，淡淡道：「杜匯的奏疏就是這一本，知道了嗎？只要咬死了，誰也奈何不了我們，大不了拿那杜匯來做替罪羊。」

「下官明白。」

宮燈冉冉，空氣中散發著淡淡的檀香，半躺在軟榻上的趙佶這時在思考著什麼，一直抱著一盞茶發呆。

一旁的楊戩早習慣了趙佶如此，自從上次西夏的捷報傳來，趙佶就彷彿心事重重一樣，什麼都不說，就是乾坐著，一坐就是半晌，有時候突然回神，也是心不在焉。

楊戩心裡覺得奇怪，又不敢多問什麼，趙佶煩，他楊戩更煩，總是這個樣子，整個宮裡上下都提著小心，這日子還過不過？

楊戩側立在龍榻下，一雙眼睛朝趙佶瞄了瞄，見趙佶一副心神不屬的樣子，琢磨著是不是該懇請趙佶到萬歲山去散散心，或者提議去太后那邊坐一坐。

正胡思亂想著，趙佶突然唔了一聲，伸了個懶腰，道：「安寧的孩子還有幾天臨盆？」

楊戩低聲道：「陛下，快了。」

「哦……」趙佶應了一聲，又繼續闔目沉思。

趙佶特意一問，楊戩就知道，趙佶心裡想著的，八成還是沈傲的事。沈傲這傢伙近來也沒出什麼大事啊，除了打了一場勝仗，讓趙佶高興了幾天，怎麼就突然變了性子？越想，楊戩越捉摸不透。

這時，趙佶又突然道：「廣南東路可以嗎？」

楊戩呆了一下，低聲道：「陛下……」

趙佶抬眸看了看楊戩，不由失笑道：「朕還以爲沈傲在旁邊。」他皺起眉道：「移藩的事，要從長計議了。」

他像是下定了某個決定，整個人反而顯得輕鬆起來，淡淡道：「如今西夏大勝，國力已經不容小覷。沈傲和朕的密議，你知道嗎？」

楊戩隱隱約約知道一些，有些是趙佶透露，有些是從沈傲那兒聽來的隻言片語，這二人都將他當做心腹，所以都不避諱他。他不由點頭道：「老奴知道一些。」

趙佶從榻上站起來，將茶盞放在御案上，徐徐道：

「本來呢，福建路換西夏，沈傲是吃虧了一些，但也沒虧到哪裡去。楊戩，你想想看，福建路有百姓一百七十萬戶，人丁近千萬有餘，而隴西之地雖是土地廣袤，卻荒無人煙，用西夏換福建路，朕自然占了便宜。沈傲也有這個忠心，這麼做，朕保他萬世富貴，我大宋得了隴西之地，西京也不必暴露在強敵之下，可謂是一舉雙贏。」

趙佶嘆了口氣，繼續道：「只是李乾順並沒有死，西夏又是大勝女真，國力鼎盛，如此看來，之前是朕小覷了西夏。」

第一〇四章 政治洗牌

周恆愣了一下，問道：「還能出什麼事？」
沈傲只是猜測而已，太原地崩，
這對一個國家來說是天大的事，
說得難聽一些，這一場地崩，
足以引發整個朝廷的徹底洗牌。
這個關鍵時間，誰知道會不會有人借此來做文章？

這場大捷，西夏確實令各國刮目相看，在各國的印象中，當今天下，唯有契丹和大宋算是強國，女真新近崛起，自然也是少有的強者之一，只是西夏之前一再向大宋和契丹稱臣，雖然曾與大宋交戰，往往不分勝負。可是誰都知道，西夏每次出兵，都是全力以赴，而大宋不過是出動邊軍，並沒有到傾國而出的地步，勝負雖然未見分曉，可是強弱已經很明顯了。

如今西夏完勝十萬女真鐵騎，西夏的國力就不再是吳下阿蒙了，須知同樣是十萬女真鐵騎，可以追逐著契丹數十萬大軍滿地跑的，曠野之上，能打出這樣的戰績，便是大宋也未必能夠做到。

誰會知道這十萬鐵騎其實是三萬？其一是因為這時交通不便利，許多消息都不能確認真偽。其二是女真人當時為了恫嚇西夏，一再宣稱是鐵騎十萬，要一舉吞滅西夏，如今西夏將錯就錯，也不點破，結果是女真人自己打落了門牙往肚子裡咽。而各國因為女真和西夏都聲稱十萬的緣故，因此都沒有懷疑。

趙佶身為君王，當然知道，現在炙手可熱的西夏已經再不是用福建路所能換取的了，就算沈傲忠心耿耿，肯用西夏來換，可李乾順和滿朝的西夏文武難道會肯？

這些時日，他所思慮的就是這個，西夏已經越來越強，沈傲在的時候，趙佶不怕沈傲與他為敵，可是有朝一日，大宋的君王是趙佶的兒子，而西夏的國君換做了沈傲的子嗣呢？所以，移藩之事既不能虧待，也必須執行，北部的威脅遠遠比南方要大，西夏移去了福建路，就是天下第一等忠心的藩臣，與大理國一樣，與大宋是世代的友好；若是仍留在隴西之地，就是最大的威脅和後患。

趙佶思來想去，最終目光落在廣南東路上（後世的廣東）。廣南東路即是嶺南，也是靠海的府路，面積比之福建路要大一些，人口卻只有一百三十萬戶，這裡原本是不毛之地，如今也漸漸發展。兩路合併一起，其面積大致是西夏的一半，可是人口卻比西夏多了三倍，倒也不算是虧待了沈傲那傢伙。

他既然有了主意，也就不再多想什麼，淡淡笑道：「安寧在太后那兒過得還好嗎？朕許久沒有去看她了，叫御醫們做好準備，孩子只怕隨時都會降生。」

楊戩才知道趙佶日思夜想的竟是這件事，移藩的事他不懂，也沒多大興致知道，只要趙佶的心情好了，他也就鬆了口氣，呵呵笑道：「到時候還要請陛下賜名呢。」

趙佶一聽，頓時抖擻精神：「這個倒是，沈傲在西夏的那個孩子叫沈雅，朕得想個好名字出來，不能落了自家人的顏面。」隨即呵呵笑道：「也不知那傢伙什麼時候才回來，別人他可以不看，可連自己孩子他也不見了嗎？」

楊戩道：「陛下何不如下一道旨意，傳召……」

趙佶打斷道：「這個要看他的本心，朕催他回來，他心裡不情願又有什麼意思？」

喝了口茶，又喃喃道：「不過，現在西夏千頭萬緒，這時候他也未必能抽得開身。」

趙佶站起來，繼續道：「朕今早對鏡梳頭的時候，才發現又生出了幾許白髮，哎……朕老了，年紀大的人，是不是滿腦子想的都是許多從前的事？」

楊戩呵呵一笑道：「老奴才是真的老了，陛下還康健著呢。」

趙佶搖頭道：「朕昨夜突然做了一個夢，夢見朕還是端王時候的事，那時候，朕不過是個宗王，萬萬沒想到有一天能得登大寶，更沒想到能享國二十年之久，如今回想起來，真是令人唏噓。」

楊戩輕聲道：「陛下掌國，是上天注定的事。」

趙佶吁了口氣，眼眸望著一處宮燈出神，慢悠悠地道：「朕的精力確實大不如前了，李乾順做了太上皇，朕的身體比他好，可是也該讓人來爲國事分憂，讓儲君好好歷練一下……」

趙佶說到這裡，楊戩驟然警惕起來，卻什麼都沒說，只是靜靜地聽。

趙佶繼續道：「太子住進東宮也有一些時日了，也該給他加幾分擔子。他這個人……」

趙佶說到趙恆時，臉上露出些許不悅之色，道：

「他這個人不成大器，爲人懦弱，又偏聽偏信，朕知道他，他雖是不中用，可是心裡頭卻是野得很，以前一直都不甘心，又無可奈何……」

趙佶的眼眸閃了閃，哂然一笑道：「可是這又如何？他畢竟是朕的皇子，是大宋的太子，總不能一直這樣冷著他。傳旨吧，太子也該學學怎麼署理政務了，讓他每日到門下省去看看奏疏，平時的朝會和廷議都叫來聽聽。」

楊戩不敢說什麼，乖巧地道：「老奴這就去敏思殿擬旨意。」

趙佶吁了口氣，又躺回龍榻上。正在這時候，外頭的內侍來稟告：「陛下，李門下求見。」

趙佶淡淡道：「叫他進來。」

過不多時，李邦彥穿著紫衣蟒袍進來，納頭便拜：「微臣見過陛下。」

「賜坐！」趙佶有一絲不耐煩地朝一個內侍呶了呶嘴，對李邦彥慢悠悠地道：「怎麼？門下省出了什麼事，還要你親自來走一趟？」

李邦彥深吸了口氣，欠身坐下，道：「太原地崩了，死傷巨萬，不可勝數，地崩又引致河壩潰爛，大水沖刷了數縣！」

半躺在龍榻上的趙佶整個人楞了一下，聽到「地崩」兩個字，一時間竟是呆住了。地崩和尋常的災難不同，對這個時代來說，意義非同凡響，但凡遇到地崩，不但百官要有人出來請辭，宮中也會頒出罪己詔出來，因爲這預示著上天的某種暗示。

趙佶翻身起來，來回踱步，一邊道：「什麼時候的事？」

李邦彥苦笑道：「九月初四午時三刻時分。」

趙佶陰沉著臉道：「怎麼出了這麼大的事？太原……太原……，那裡靠著契丹，幸好大宋與契丹人議和永不侵犯，否則契丹人趁虛而入，又是天大的事了。」

他嘴唇哆嗦了一下，顯得有些六神無主，心想，若是沈傲在這裡，聽聽他怎麼說也好。

趙佶陡然想起一件事來，道：「欽天監怎麼說？」

李邦彥道：「微臣就是來遞欽天監奏疏的。」

李邦彥小心翼翼地將奏疏遞到趙佶手裡，趙佶沉著臉揭開來看了一下，臉色更是怒氣沖沖，將奏疏摔在地上，道：「這個杜匯，居然敢牽連到後宮來，誰給他這麼大的膽子？北宮四夫人一向恭順孝悌，如何會惹怒上天？胡說八道！」

李邦彥立即道：「微臣竊以為杜匯此人……」

趙佶淡淡道：「不必說了，罷官刺配，告訴他，朕和北宮敬天順命，由不得他來胡說八道。」他猶豫了一下，又道：「再讓欽天監寫一份奏疏來……就說太原在北，這是北地有王星隕歿。」

李邦彥聽了這句話，心中大定，北地是契丹，有王者隕歿也是契丹的事，和大宋沒有干係，趙佶的意思，是把這黑鍋拋到國外去，這倒是一個好辦法。只是四夫人安然無恙，讓李邦彥心中不由有些許失落，不過現在算是大石落定了，至於那杜匯……李邦彥心裡冷笑一聲，想：也活該他倒楣，竟想攀咬到老夫頭上。

李邦彥肅然道：「陛下所言甚是，門下省立即草詔，罷免杜匯，刺配真定府。只是眼下太原災情緊急，是否派一欽差代天巡狩？戶部那邊，賑災的糧款也要籌備一些，只是從汴京撥糧運到太原，沿途何止千里，就怕遠水救不了近火，流民沒有飯吃，肯定是要滋事的。」

大宋一直奉行的是強幹弱枝的政策，各路各府的錢糧都是先送到汴京，再由汴京分配。這個辦法雖使地方再也無法坐大，可是另一方面，一旦發生了緊急的情況，各地府庫中的糧食都是空空如也，不能就地賑災，只能向朝廷求告。

若是遇到了尋常的水災、旱災倒也罷了，各地無論如何也能堅持一兩個月，等朝廷的糧食撥付過來。可是這地崩卻是不同，瞬間許多人死亡，無數人房屋倒塌，幾個府縣不但會出現糧食短缺，暴露的屍首也極有可能引發瘟疫，對糧食和草藥的需求巨大，也等不及朝廷的賑災物資。

李邦彥這句話，倒是說中了趙佶的心事，趙佶憂心忡忡地道：「那依李愛卿看，該當如何？」

李邦彥眼眸掠過一絲喜色，慢悠悠地道：「微臣聽說太原那兒，由於朝廷的糧餉總是不能及時運到，因此一些商人便囤積了糧食，若是邊軍的糧草短缺，便賣去給邊軍，等到朝廷的糧餉到了，再收購多餘的糧食。」

他繼續道：「這些商人雖然逐利，卻也讓邊軍不至於挨餓，功過互補，所以兵部沒有深究。如今倒是派上用場，陛下，何不如戶部直接撥出現錢來，讓欽差去向商人們購買就是了，如此一來，太原府可以就近賑災，朝廷也省了麻煩。」

趙佶聽了，頷首道：「可以這麼辦，具體的章程，叫戶部送上來。還有……這欽差的人選，李愛卿認為誰可擔此重任？」

李邦彥正色道：「此事事關重大，人選自然要慎之又慎，微臣以為，祈國公周正可以擔此重任。」

「周正……」趙佶道：「他是國公，只怕於禮不合吧。」

李邦彥道：「事急從權，祈國公為人剛正，對陛下又是忠心耿耿。再者說，他是國公，正是可以打著陛下的名義前去巡視災情，如此一來，太原府上下，豈不都知道陛下聖恩，令他們雨露均沾了嗎？若是派其他的臣子，倒是多了幾分例行公事的味道。」

聽了李邦彥的話，趙佶覺得很是有理，不由笑道：「你說得是。哎……」他嘆了口氣，道：「突然出了這麼大的事，朕倒是一時不知如何是好了。」

李邦彥正色道：「陛下聽了子民死傷，心中不忍，才喪失了心智，上天有好生之德，更何況是人君？陛下愛護子民，是天下人的福氣。」

趙佶嗯了一聲，端起茶盞來，總算順了口氣，他原本想去太后那裡一趟，可是這時想來不得不作罷，對李邦彥道：「你去忙吧，把戶部尚書和祈國公叫來，朕有話要吩咐。」

李邦彥臉上看不出喜怒，只是淡淡地道：「微臣告退。」說罷，便碎步退出閣去。從宮裡出來，宮門外已經有家人備著轎子久候多時，李邦彥坐進去，道：「去門下……」接著又道：「叫人寫封書信去懷州，告訴他們，朝廷要購糧了。」

龍興府張燈結綵，由上到下都是喜氣洋洋，西夏其實算不上什麼大國，一直都在夾縫中生存，掰著指頭算下來，更沒有什麼可驕傲的地方。可是如今攝政王一舉盡殲女真來犯之敵，實在讓他們揚眉吐氣了一把。

攝政王早在七八天前就已率一隊先鋒回宮，今日一大清早，許多人就發現，在街道上，突然出現了一支迤邐的隊伍，雄赳赳的校尉、武士、禁軍以及宋軍嘩啦啦的出現。前隊是騎兵，正中則是用草繩綁成一串串的女真俘虜，最後是步卒看押，這條長龍，足足有數里之長。有人大致估算過，被草繩綁縛起來的俘虜起碼有三四萬之多。

據說女真的武士被俘虜了還不算，攝政王還親率騎軍出邊關，四處攻殺關外的牧民，直搗離城，殺女真大小王公數十人，並俘獲女真太后，帶回來了牛羊無數，單駿馬就有七萬之多。

平日那些不可一世的女真人，如今一個個聳拉著腦袋，再也看不到任何高傲之樣，一個個顯得憔悴疲倦，連走路都有些虛晃，沿街的百姓見了，都不由哄笑。

有人大叫一聲：「女真狗。」於是許多稚童便拍著手，尾隨在隊伍後頭蹦蹦跳跳地又叫又唱：「女真狗，女真狗……」

茶樓裡，也是議論開了，西夏主要是由西羌和漢人組成，西羌人自不必說，早在數百年前就與漢人無異，大宋建國的時候，李氏家族還是大宋治下的酋長，除了一部分民族特徵，其餘的不管是語言、衣飾、習俗已大多漢化。

平時國族並不會和漢人在一起喝茶，往往是一個樓上一個樓下，各自有別，如今卻不同，在國族心裡對這攝政王不管是喜歡還是厭惡的，終歸還是有個共同點，服氣！

比如這座臨街的清泰茶樓，一大清早，二樓就坐了不少人，漢人、黨項人都有，偶爾也會有吐蕃人上來，等到隊伍入城時，一開始各族還是涇渭分明，各不相干，如今卻都是拼命往窗旁的位置擠。

許多雙眼睛看著下面魁梧的軍將，再看到那些衣衫襤褸的女真人，都不禁交頭接耳。

有消息靈通的，還爆料出一個消息：「攝政王殿下回宮之後，與太上皇商議處置這些女真人的事。殿下提議讓國族設立一個勞役營，專門管理這些女真奴，將來說是要免除徭役，往後治水修路的事，都讓女真奴去做。」

有的國族人聽了，眼中霎時一亮。說句悖逆的話，自從沈傲監國，國族的地位已是一落千丈，許多的特權早已名不符實，甚至許多國族混得比漢人要慘得多，漢人還可以讀書，可以掙個功名，實在不行，他們還可以經商，掙個身家；至不濟的，也能尋到點事來做。偏偏國族這些年早就養懶散了，沒了特權，日子是越來越難過。

如今讓國族來管理女真奴，不啻是讓國族又得到了一項特權，欺負不了別人，至少這女真奴還可以欺負一下。

幾個在茶樓上遠眺的國族人臉上已經露出喜色，不禁惡狠狠地道：「若是讓我來管這些女真奴，一定讓他們求生不得，求死不能。」

這時，後隊突然有人放馬飛速過去，眾人不禁生出一些疑色。

有人道：「是六百里加急，莫非哪裡又出了事？這可不妙，不會是那女真國士惱羞成怒，傾國來戰吧？」

說話的人，臉上露出幾許畏色；可是大多數人都嗤之以鼻，有人不屑道：「有殿下在，怕那女真國主做什麼？他便是傾國來攻，殿下也能讓他們吃不了兜著走。」

若是沈傲聽到這些話，非要抓狂不可，讓他去面對三十萬女真鐵騎，他立馬打了包袱逃之夭夭，絕不逗留。

做人要厚道，這是把沈大財主往火坑裡推啊，好不容易發一趟大財不容易，好日子不去過，是想自己去找死嗎？

大家眾說紛紜，目送著那加急的快馬向著西夏皇宮奔去。

如今文殊閣成了沈傲的書房兼辦公的所在，回到龍興府，他竟是一下子清閒下來，許多公務都交給下頭去處置。

不是他突然懶惰下來，只是從前的時候，威信還沒有建立，各地的勢力蠢蠢欲動，他不得不事無巨細地去處理各種事務。可是如今，任誰都知道，這攝政王監國的地位已經穩得不能再穩，有人滋事造反，那簡直和送死沒有任何區別。

既然能偷懶，爲什麼不偷？這就是沈傲的處世之道，他寧願坐在這文殊閣裡泡上一壺熱茶，哼著小曲兒，也絕不肯去碰那案牘上的東西。

對楊振他還算放心，反正還有個吏部侍郎王召替他看著。至於那楊振若是敢糊弄到他頭上，那是想都別想，不知多少人盯著他的位置垂涎已久，就等著挑出錯來取而代之呢。

所以回到宮裡，沈傲逗兒子沈雅玩了會兒，又和淼兒說了說話，便在這裡乾坐著。手裡拿著書，心不在焉地看了一會兒，正覺得無聊，他知道今日是大軍返程的日子，想抽空到宮外去看看鬼智環，外頭便傳來急促的腳步聲。

「殿下，汴京最新的消息。」

一份密報遞到了沈傲的手上，沈傲接過來一看，一時臉色驟變，道：「送信的人在哪裡？請他進來說話。」

過不多時，一個魁梧的軍將走進來。沈傲擦眼一看，忍不住衝上去給來人一個熊抱：「哈哈……原來是小舅子，我日盼夜盼，就盼看見你。」

「表……啊，殿下……」

來人正是周恆，周恆從胖子形象中脫胎換骨出來，稜角分明的臉上略帶幾分滄桑，虎背熊腰，腰間的皮帶束得很緊，越發顯得英姿勃發，見沈傲沒頭沒腦地衝過來，立即後退一步，大叫道：

「殿下……不要……尊卑有別……殿下……」

沈傲抱住他的一刻，他也狠狠地將沈傲摟著，忍不住道：「表哥，你在西夏這麼久，為什麼還不回去？我來的時候，阿姐還問，你是不是又被哪個狐狸精迷住了，做了什麼對不起她的事？」

沈傲放開他，這次校尉趕赴西夏，可是周恆卻不在選調之列，畢竟武備學堂還要留些骨幹協助操練新生，如今突然見到這傢伙，沈傲反應激動是不可避免的。他呵呵一笑，拍了拍比他還要高上幾分的周恆，道：

「表弟長大了，哈哈，越發像個男子漢了。」

周恆苦笑道：「可惜表哥嬌妻如雲，我卻一個老婆都找不到。」

沈傲愕然道：「怎麼？泰山大人沒有給你相一門親事？」

周恆搖頭道：「爹說了，先立業再成家，這事也就耽擱下來。」隨即一笑，又道：「耽擱些時日也好，其實我和表哥不一樣的。」

他微微抬起下巴，用一種高傲，同時帶著一點蔑視沈傲的口吻道：「我周恆，已經不再是從前的周恆了。」

沈傲覺得他的話有些刺耳，不禁道：「若兒是不是對你說了些什麼？」

周恆雙手一攤，道：「也沒什麼，只是說表哥太花心，見一個愛一個……」

沈傲厚顏無恥地道：「抬愛，抬愛，其實表哥能有今日，都是若兒的栽培之功。」

沈傲想起了信中的事，不禁皺起眉頭，道：「太原地震是什麼時候的消息？朝廷下旨賑濟災情了嗎？」

周恆肅容道：「陛下已經有旨，讓爹做了欽差，代天賑濟太原。爹已經啓程，叫我來知會表哥一聲。」

沈傲吁了口氣，道：「死了這麼多人，可能要出亂子，西夏這兒也不能袖手旁觀，不如這樣，我立即撥出五十萬貫，再就近輸送一些草藥、糧食過去，如今我做了這西夏攝政王，又是大宋的臣子，西夏與大宋本是一家人，不分彼此，眼下賑濟最是要緊，其他的事都暫且放下。」

周恆頷首點頭道：「若是能這樣就再好不過了。」

沈傲繼續道：「你來一趟不容易，就在這宮裡住下，你是我的小舅子兼表弟，不相干的，不過……」他嚴肅地道：「話說回來，兄弟歸兄弟，這宮裡的女人不能亂看。算了，表哥對你太不放心，不如叫兩個小太監日夜跟著你，省得你凶性大發，做出什麼事來。」

周恆一時愕然，道：「表哥，我真的改了！」

沈傲撇撇嘴道：「那我也改了，你信不信？」

周恆撥浪鼓似地搖頭：「不信。」

沈傲淡淡一笑道：「表哥也不信你改了。少廢話，走，帶你去看你的小外甥去。」

小孩子被周恆逗弄了一會兒，便被奶娘抱了去。周恆見了這個奶娘，臉色驟變，趁著淼兒進裡屋的工夫，低聲對沈傲道：「表哥，這奶娘……」

沈傲很淡然地道：「不要大驚小怪，看著看著也就習慣了。看了這奶娘，你有沒有覺得淼兒簡直是天下無雙、人間絕色，像是天上落下凡塵的仙子？」

周恆深吸了口氣，小雞啄米似地點頭道：「如此一想，淼兒姐姐真是美得不可方物。不過……」他立即道：「我阿姐更是美麗動人，貌若西子孤舟在荷花池塘深處。」

沈傲淡淡笑道：「這就是了，所以說，這世上有了醜，才會產生美，就比如你表哥，每日看那奶娘三五次，便總是能三省吾身，想起諸位賢妻，便覺得自己是最幸福的人。」

周恆撓撓頭道：「表弟現在覺得，其實方才走過去的一個丫頭也是貌若天仙，下次若是再多看那奶娘幾眼，豈不是人盡可妻了？」

沈傲板著臉道：「做人不要貪得無厭，有個六七十個，也就知足了，什麼不好學，別去學……」沈傲咳嗽一聲道：「別學汴京宮裡的那位……」

「哪位？」周恆一頭霧水，隨即反應過來，咂舌道：「大逆不道啊，表哥，我跟你學壞了。」

淼兒笑吟吟地蓮步出來，招呼了周恆，一雙眼眸深邃無比，問周恆汴京的事，自然離不開周若什麼的。周恆傻乎乎的知無不言，沈傲給他使了使眼色，見他恍若不覺，也只當什麼都沒有聽見。

淼兒輕笑道：「夫君，你這表弟真有意思。」

沈傲心裡想，恐怕是周若、蓁蓁、安寧對你來說更有意思，口裡支支吾吾一聲：「我肚子餓了，快叫人上膳食來，吃飯！」

三人就在文殊閣裡用著午膳。

周恆好歹是公府出來的，規矩都懂。不過這頓飯，還是讓他有些不好意思。比如淼兒夾了一塊羊肉片到碗裡，輕輕地咬掉了瘦肉，熟練地把那帶皮的肥肉放入沈傲的碗裡。沈傲咳嗽一聲，用腳去踢淼兒的腿，淼兒只是埋頭咀嚼，不理會他。

周恆看在眼裡，遲疑了一下，便也夾了塊羊肉片去，咬了瘦肉，剩餘的肥肉亦往沈傲碗裡放去。

沈傲火了，拍案而起：「當我的碗是垃圾桶嗎？什麼都往這裡倒！」

淼兒夾著筷子，當做沒事一樣繼續吃飯。

周恆咳嗽一聲，道：「我……我看……」

沈傲板起臉來教訓他：「她是她，你是你，你當這是西夏人的風俗是不是？」

周恆解釋道：「不是，我是想，淼兒姐姐是表哥的妻子，我阿姐也是表哥的妻子，她能放，我也代我阿姐放給你，表哥這樣才算一碗水端平，一視同仁是不是？」

沈傲一肚子火氣一下子啞了火，把周恆的肥肉丟了，繼續埋頭吃飯。他最怕的，就是在一個妻子面前提起另外一個，總覺得像做賊，有一種心虛感，趕緊道：「女真使者已經到了龍興府，下午表弟隨我去見他。」

「哦……」周恆乖乖地點頭。

一頓飯吃完，淼兒叫奶娘抱了孩子去午休，沈傲和周恆兩個人到暖閣去喝茶。這暖閣李乾順已經很少來了，這裡畢竟更像是書房，如今太上皇無事一身輕，便搬到後宮去，那裡地方大，也清靜些，只有偶爾才會來暖閣。

周恆喝了口茶，便對著沈傲笑道：「表哥，你如今越發了不起了，爹很早就說表哥的前程不可限量。」

沈傲很享受這種感覺，周恆的話不是奉承和恭維，可是在沈傲聽來，卻比阿諛奉承更加動聽。他故意擺擺手道：「誤打誤撞而已，表哥時運好。倒是你，身爲世子，也要做出一個樣子來，將來才能繼承家業，發揚周家。」

周恆苦笑道：「我是想，可是總覺得英雄無用武之地，這一次選拔校尉出征祁連山，也沒我的份。」

沈傲只好道：「往後用你的地方多的是，表哥就怕你發生危險，周家就你這麼一個男丁，若是出了事，岳母大人還要活嗎？」

周恆肅然道：「男兒馬革裹屍，哪有這麼多兒女情長。」

沈傲啐了他一口：「你說得倒是輕巧。」

周恆想了想，道：「表哥，你打算什麼時候回汴京去？」

沈傲淡淡道：「安寧的孩子就要出世了，當然要儘快的回去，多則一個月，少則這幾天就回汴京。西夏的事，如今已經理得差不多了，有沒有我這個攝政王都一樣，倒是汴京那兒，我擔心會出事。」

周恆愣了一下，問道：「還能出什麼事？」

沈傲只是猜測而已，太原地崩，這對一個國家來說是天大的事，說得難聽一些，這一場地崩，足以引發整個朝廷的徹底洗牌。這個關鍵時間，誰知道會不會有人借此來做文章？

多年的宦海生涯讓沈傲知道，任何一次大事，都是有心人興風作浪的時候，有人要穩固自己的地位，有人想剷除政敵，有人想趁機撈取好處，有人想挪開自己眼前的石頭，好進一步進入權力的核心。無數人都在等待一個契機，等待下一個突破口，而這地崩，足以成爲讓對手永不翻身的藉口。

周恆聽沈傲說要回汴京，喜滋滋地道：「那我和表哥一道回去。」

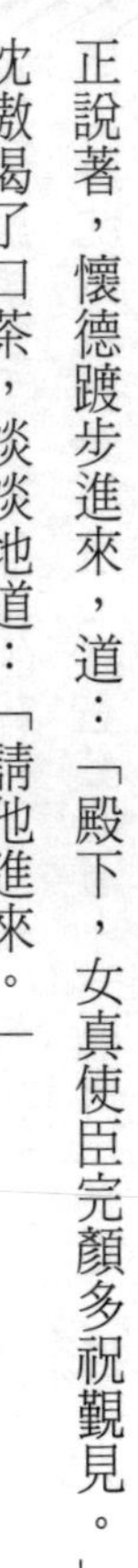

正說著，懷德踱步進來，道：「殿下，女真使臣完顏多祝覲見。」

沈傲喝了口茶，淡淡地道：「請他進來。」

第一〇五章 有了新人忘舊人

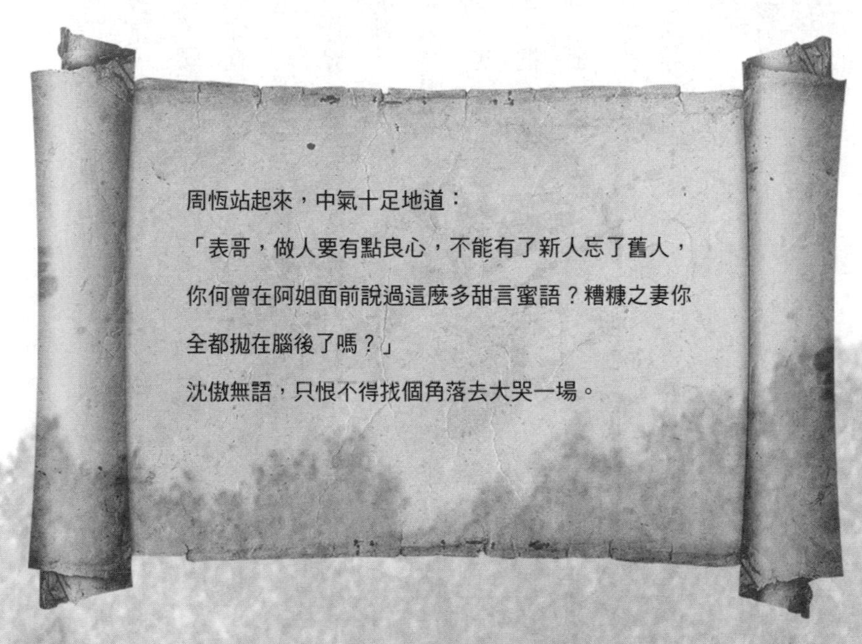

周恆站起來，中氣十足地道：

「表哥，做人要有點良心，不能有了新人忘了舊人，你何曾在阿姐面前說過這麼多甜言蜜語？糟糠之妻你全都拋在腦後了嗎？」

沈傲無語，只恨不得找個角落去大哭一場。

沒一盞茶夫，一個虎背熊腰的女真人闊步進來，他朝沈傲看了一眼，眸光中閃過一絲寒意，若不是不許帶刀覲見，說不定真有一刀砍翻沈傲的衝動。

周恆這時站起來，按住了腰間的刀，眼眸中也閃過一絲不懷好意。

沈傲淡淡一笑，道：「你就是女真使節完顏多祝？」

完顏多祝冷哼一聲，道：「鄙人奉陛下之命，前來與殿下交涉。」

沈傲翹著二郎腿，默不作聲。完顏多祝見他傲慢的樣子，心中勃然大怒，道：「殿下，我家太后在哪裡？能否讓鄙人見上一面？」

沈傲閉著眼，輕輕吹開茶沫喝了口茶，才淡淡地道：「你是女真使節？」

完顏多祝壓著火氣道：「殿下，我要見太后！」

沈傲冷然笑道：「來人，把他轟出去！」

暖閣之外，兩個帶刀侍衛衝進來，完顏多祝道：「殿下這是什麼意思？」

沈傲笑呵呵地道：「你既然是女真使臣，就是這樣站著和本王說話的？這就是你們女真人的規矩？要談，本王歡迎至極，不過，本王最討厭的就是有人站得比我高，跪下！」

兩名侍衛已經抽出了腰刀，連周恆也是殺氣騰騰，抽出儒刀來，呵斥道：「狗東西，這裡也是你耍橫的地方？」

沈傲的凶名早已傳遍大漠，從斬皇子到驅逐女真使臣，再到完勝女真鐵騎，出關劫掠，在女真人眼裡，這廝已成了窮兇極惡的劊子手。

完顏多祝猶豫了一下，不得不屈膝跪下，道：「完顏多祝見過殿下。」

沈傲換上如沐春風的笑容，高高坐在椅上，居高臨下地看著他，隨後朝侍衛呶呶嘴，示意他們出去，才慢吞吞地道：「貴國國主完顏阿骨打還安好嗎？」

完顏多祝又是喪氣又有幾分不甘地道：「陛下身體康健，好得不能再好了。」

沈傲噢了一聲，隨即慢悠悠地道：「不知貴使來我大夏，是要宣戰，還是要締結盟約？」

完顏多祝見沈傲故作不懂，冷冷地道：「下使是來與殿下交涉的，請殿下放我家太后歸國。」

沈傲哈哈一笑道：「要放回去也簡單，本王不是不講道理的人，人生在世，信義為本，不過話說回來，本王最近手頭緊，正想向貴國國主借點錢花花，這錢，你帶來了嗎？」

完顏多祝道：「殿下要得太多，若是三五億貫還可以籌措，十億貫便是我女真砸鍋賣鐵，也籌措不出來。」

沈傲認真地道：「是嗎？」

完顏多祝頷首點頭道：「正是。」

沈傲撇撇嘴道：「來人，去請周博士來。」

完顏多祝不知道沈傲到底在故弄什麼玄虛，愣愣地跪在地上，想站起來又怕這姓沈的翻臉，可是這般跪著又實在不像話。

足足過了一炷香功夫，才有個博士模樣的人背著一個書箱子過來，將箱子一放，道：「殿下有何吩咐？」

沈傲站起來，道：「賬目都算好了嗎？」

周博士道：「幸不辱命。」

沈傲呵呵一笑，道：「你報來聽聽。」

周博士道：「卑下爲了清查女真國的財富，特意向契丹人諮詢過，除此之外，還向許多俘虜問及，女真人崛起大漠，劫掠大漠各部族的帳暫且不算；只算祈津府這一項，契丹人就拱手被劫掠了十億貫以上。其中，契丹國庫共存金銀三億貫上下，宮室內庫的珍寶、字畫以及金銀至少超過三億，還有各家王公貴族以及富戶，略略估算，便是十五億貫也有了。更何況，契丹在大漠並非只有祈津府，因此，卑下竊以爲，女真國的財富至少在三十億上下。當然，真金白銀不會有這麼多，可要是折算字畫、珍寶、古玩，這個數還是最保守的，此外……」

完顏多祝聽了周博士條理清晰的話，真真是無話可說，原來這姓沈的，早就在打女真的主意，漢人常說不怕賊偷就怕賊惦記，今日他算是領教了。

沈傲睇著眼，等周博士說完了，才是笑嘻嘻地道：「貴使來說說看，周博十是不是算錯了？」

完顏多祝道：「下使並不知情。」

沈傲突然臉色一變，猛地拍案而起，怒道：「你既然不知情，方才爲什麼說女真國籌措不出這麼多銀錢來？你當本王好欺負，是要欺負本王是不是？本王外號沈憨厚，平時你看本王老實，所以就認定了本王會受你的矇騙，任你們女真人糊弄對不對？」

「他娘的！」他嘩的一聲站起來，從腰間抽出尙方寶劍，惡狠狠地將劍刺入御案上，猙獰道：「告訴你，本王給你兩條路，要嘛花錢消災，如若不然……哼哼……回去告訴你們國主，他這老娘死不了，本王絕對讓她紅遍大江南北，轟動天下！」

完顏多祝嚇得一身冷汗，誰也想不到這姓沈的說笑就笑，說要砍人就要作勢砍人，見他連一點餘地都沒有，心裡涼了半截，道：「殿下，有話好說……」

沈傲冷哼一聲，收回了劍，淡淡道：「有什麼好說的，錢，你們到底給不給？本王是直腸子，沒有你們女真人這麼多彎彎繞繞。實話告訴你，錢，一貫都不能少！」

聽到直腸子三個字，周恆的臉不禁抽搐了幾下，心裡想，從認識你就知道，你一肚子都是花花腸子。

完顏多祝猶豫了一下，道：「這些錢也不是籌措不出，不過除了太后，我們還要贖回一樣東西。」

沈傲淡淡道：「你說的是那玉璧？」

完顏多祝道：「正是，若是殿下不肯，女真只好爲太后報仇了。」

完顏多祝直勾勾地盯著沈傲，生怕沈傲又要提出什麼條件，誰知沈傲只是淡淡一笑道：「一塊玉璧而已，你們要，自然打包送上，本王這個人很好說話的。」

完顏多祝鬆了口氣，道：「殿下能否讓下使見見太后？」

沈傲冷笑道：「還是不要見的好，西夏的天氣太熱，太后她老人家總喜歡脫了衣衫納涼，大家見了不免會有尷尬，你回去覆命吧。」

完顏多祝的眼睛幾乎要噴出火來，惡狠狠地道：「好，下使這就回去覆命！」

目送完顏多祝離開，沈傲坐回位置上，端起茶盞喝了一口，笑呵呵地道：「訛詐勒索這種事，實在不是我的專長。」說著，吁了口氣，好像是很不滿意自己的表現一樣。早知如此，應當再開高一點價錢。

周恆道：「表哥已經很擅長了。」

沈傲瞪了他一眼道：「你懂什麼……」

周恆嘖聲，心裡想，表哥果然一點都沒有變，他忍不住嘆了口氣，又想，可惜我周恆已經變了，爲什麼從前習以爲常，現在卻覺得表哥很厚顏無恥？

沈傲悠然地坐在椅上，道：「周博士。本王要勞煩你一趟，太原地崩，如今災情緊急，西夏這裡不能袖手旁觀，你立即抽調一批糧食、藥草，再從戶部抽出些銀錢去賑災。」

周博士驚訝地道：「太原地崩了？」他不禁道：「校尉裡倒是有幾個是太原人……」

沈傲道：「那就帶他們一起去，順道讓他們回家看看。」

周博士領命去了。

周恆嘆道：「我爹也在太原，早知道，我也該去太原看看。」

沈傲淡淡道：「你爹不會有事，他是欽差，身邊這麼多人，怕什麼？」

正說著，懷德又進來道：「殿下，鬼智環求見。」

沈傲啊了一聲，道：「請她進來。」隨即朝周恆道：「表弟，表哥還有很重要的事要處置，我先讓人帶你到宮裡隨便轉轉可好？」

周恆滿臉狐疑，道：「什麼重要的事不能當著我說，鬼智環……這名兒生僻得很。莫不是個女人吧？」

沈傲正色道：「胡說八道，鬼智環明明是個男人，外號明明叫鬼哥，怎麼會是男人？表弟啊，你越來越疑神疑鬼了。若不是我知道你平時一直心裡向著表哥，只怕還會懷疑你是受了若兒的使命，專門來盯著表哥的。你是校尉，這種盯梢的行徑要不得，知道了嗎？」

他推了推周恆，道：「快走，快走，我要和鬼兄商議國家大事，此事事關著數百萬人的福祉，不能輕視。」

周恆一時不辨真假，狐疑地看了沈傲一眼，見沈傲目光真摯，面帶高尚的淡淡笑容，便信了幾分：「那表弟去了。」

送走周恆，沈傲鬆了口氣，周恆這傢伙，沒準還真是周若派來的細作，可不能讓他抓到了什麼把柄才好。

正胡思亂想著，戴著鬼面的鬼智環盈盈進來，朝沈傲行了個禮，道：「卑下鬼智環，見過殿下。」

沈傲上前一步去扶起她，道：「環兒不必多禮。」

鬼智環道：「卑下這一次是來向殿下辭行的，我和我的族人即將要回橫山去了。」

沈傲心知鬼智環不屬於這裡，不由握住了鬼智環的手，道：「我也要回大宋了，這一別，不知什麼時候還能見面？」

鬼智環幽幽地看著他，道：「殿下若有召喚，橫山上下……」

沈傲打斷她道：「臨別在即，我有一句話，你要記著……」

鬼智環見沈傲說得慎重無比，正色道：「請殿下示下。」

沈傲道：「不要嫁人，實在耐不住寂寞了……咳咳……」他深望著她，手還握住鬼智環的柔荑，繼續道：「其實我可以代勞的……」

「……」

正在鬼智環愣神的功夫，沈傲輕輕揭開她的鬼面，輕輕挽住她的蠻腰，低聲道：「好嗎？」

一頭亂髮散下來，露出鬼智環的廬山真面目，那微微翹起的鼻子微微動了一下，嘴唇漸漸勾起，輕笑道：「殿下管得倒是寬，連這個也要管嗎？」

沈傲用不容置疑的口吻道：「當然要管，這也是軍國大事的一項，否則有朝一日，你招去的夫婿若是個亂臣賊子，豈不是要壞我的大事？」

鬼智環深深吸了口氣，這時候的她，全然沒有那種冰冷徹骨的味道。輕輕地靠在沈傲的胸膛上，低聲道：「卑下遵命就是。」隨即從沈傲的懷中掙脫出來，正色道：「我的族人還在城外等著我。」

沈傲道：「要不要我送你一程？」

鬼智環幽幽一笑道：「兒女情長的，可不是一個有聖明的君主，殿下，就此別過了。」她沒有回頭，蓮步走出去。

沈傲呆坐了一下，便搖頭苦笑，這個女人，實在讓人捉摸不透。

吃晚膳的時候，周恆被內侍引到了文殊閣，仍舊是三人同桌，淼兒心細，突然問周恆：「表弟的臉是怎麼了？」

沈傲也不禁抬起頭來，看到周恆的臉上有淡淡的掌印，也不由關心道：「是誰敢打你巴掌？這是表哥的地頭，你受了氣和表哥說，表哥為你出頭。」

周恆滿腹委屈地道：「方才我在路上撞到那個什麼鬼智環了，他戴著恐怖的鬼面，還穿著一件很奇怪的皮甲，我看著他像個女人似的，便走過去打招呼。」

聽到鬼智環，沈傲不禁瞄了淼兒一眼，後頸有些發涼，立即垂頭去扒飯。

淼兒卻是放下了筷子，手肘撐在桌上，拖著下巴很認真地聽，目光爍爍，很值得玩味地笑道：「然後呢？」

周恆苦笑道：「後來，我舉手想搭在他的肩上，和他說個客套話，誰知他揚手就給了我一個巴掌。」

周恆怒氣沖沖地輕輕砸了下膳桌，道：

「若不是看他弱不禁風，又和表哥剛剛商量了軍政大事，說不定還要趕著出去爲數百萬人的福祉奔走，我早就打回去了。罷罷罷……做表弟的吃點虧也沒什麼……咦，淼兒姐姐，你的臉色怎麼變得這麼難看了？」

淼兒冷冷地道：「沒什麼。」

沈傲做賊心虛，立即去夾了個雞塊來。咬掉外面的一層皮，將裡頭的雞肉送入淼兒的碗裡，乾笑道：「哈哈，淼兒快吃飯，今天天氣不錯，用過了飯，我們去御花園裡賞月，馬上就要到十五了。月圓之夜，那月兒淒美又動人，讓人見了，心中生出憐愛來；就如淼兒一樣，總是令爲夫看不厭。」

淼兒的臉色緩和了一些，慍怒地瞥了他一眼，低聲去吃沈傲夾來的菜。誰知周恆滿是不平地放下筷子道：「表哥，我雖是校尉，可也是阿姐同父同母的親弟弟，有些話，我不吐不快！」

沈傲臉色一變，心裡大罵，擦你個表弟！

周恆站起來，中氣十足地道：「表哥，你三妻四妾，我由著你；你當著我這表弟的面，當著我這小舅子的面，這般的對淼兒姐姐甜言蜜語，也由著你。可是你莫要忘了，我阿姐是如何待你的，你去鴻臚寺值守，她怕你受了風寒，特意叫人給你送衣衫；你出門在外，她總是擔心得吃不下飯。表哥，做人要有點良心，不能有了新人忘了舊人，你何曾在阿姐面前說過這麼多甜言蜜語？糟糠之妻你全都拋在腦後了嗎？」

沈傲無語，只恨不得找個角落去大哭一場。

淼兒玉蔥蔥的手也拍在桌案上，一雙眼睛直勾勾地看著沈傲道：「表弟說得對極了，他就是個喜新厭舊的壞蛋！」

周恆所說的新人是淼兒，天知道淼兒口裡所說的新人是誰。

沈傲定了定神，終於恢復了常色，臉皮厚畢竟有臉皮厚的好處，至少這時候不會表現得太尷尬。他舉起筷子，低頭吃了兩口飯，才是慢吞吞地道：

「表弟太衝動了，來，先坐下說話。淼兒，你跟他起什麼鬨，大吵大鬧的像什麼樣子，要母儀天下，知道嗎？」

「哦，對了……」沈傲很淡定地繼續道：「最近天氣不錯，過幾日我們一家人出宮去玩玩，淼兒不是想去相國寺嗎？表弟也一塊去，我們一起燒香祈願，願佛祖他老人家保佑太原的百姓。若是還有多餘的時間，我們就一起去城外踏踏青，這時節菊花怒放，城郊那邊有不少野菊，可以去摘幾朵回來賞玩。」

淼兒總算露出了心滿意足的表情，出宮去走走看看，一直是她的夙願，只是沈傲一直說擾民，才沒有成行。她滿意地坐下道：

「沈雅要不要也帶著去？」

沈傲搖頭道：「不帶。」

淼兒嗯了一聲，一雙帶著憧憬的眼眸落下，繼續細嚼慢嚥。

周恆愣愣地站著，感覺有點不太對味，只好道：「表哥，你好好想一想，往後不要這樣了。」

第二日清早，沈傲是被操練聲吵醒的。他睜了睜眼，忍不住將胳膊從熟睡中的淼兒枕下抽出來，不禁道：「見鬼了，這裡不是皇宮嗎？怎麼還有這叫聲？」

心裡琢磨著究竟是哪個該死的太監在胡鬧，趿了鞋推開窗去，看到周恆在不遠的亭邊正叫著號令，獨自在跑步。

這時候正是金秋，金燦燦的晨光晃得沈傲的眼睛有些刺痛，他氣急敗壞地道：「滾！」說著，隨手抄起旁側的一樣東西砸了下去。

下頭的周恆抬頭看到沈傲，咂了咂舌，連忙抱頭鼠竄。

淼兒慵懶地在牙床上呢喃道：「大清早的，不要嚇壞了雅兒。」

沈傲忙不迭地穿了衣衫從文殊閣出去，看到周恆還在那裡探頭探腦，朝他勾勾手，示意他過來。

周恆快步過來，笑呵呵地道：「表哥起得這麼早。」

沈傲板著臉道：「你方才叫什麼叫？」

周恆苦笑道：「每日這個時候都要操練的，在不在學堂都要一樣。」

沈傲拿他沒辦法，搖搖頭道：「要練就到偏僻一點的地方去練，喏，那裡不是可以嗎？」

周恆縮縮脖子道：「那裡不是說是太妃的住宅嗎？看到了，會不會被人說三道四？」

沈傲不出聲了。

周恆見他這樣，小心翼翼地問：「表哥，昨天我的話是不是過分了一些？」

沈傲苦著臉道：「也不是很過分……」

周恆立即興高采烈起來，道：「那就好，害得我以爲說錯了什麼。表哥，來了這龍興府，天天待在宮裡悶得很，我想出宮去，見見韓教官和諸位博士同窗可以嗎？」

沈傲心裡乍然一喜，心裡想，走了最好，早知就不該把這個禍害留在這裡。

沈傲很是虛僞地拉著周恆的手道：「表弟，是不是表哥這裡讓你住不慣？表哥和你這麼久沒見，平時都是各忙各的，如今好不容易都閒下來，還想和你多說說話呢！」

周恆大受感動，緊緊地反握住沈傲的手，動情地道：

「表哥，我周恆的親人不多，平時和爹爹總是相處不來，娘又整日待在佛堂裡，阿姐又經常說教，唯有表哥對我最親。表哥既然一力挽留，大不了我去看看他們，過幾個時辰就回宮裡來就是。」

沈傲臉上一副受寵若驚的樣子，心裡大罵，我是豬啊我，和他客氣什麼？立即道：「可要是同窗們留你怎麼辦？」

周恆將胸脯拍得砰砰作響，道：「表哥放心便是，就是九頭牛拉著，我也一定準時回來，我知道表哥在這裡待著也悶得很，無論如何，就是刀山火海也要來陪表哥說說話。」

沈傲訕訕笑道：「你說得是，對極了。」

周恆告別，慢跑著往宮門那邊走，沈傲望著他的背影遠去，立即叫了個內侍來，道：「傳本王詔令給韓世忠，叫他無論如何，不管用什麼法子，也要把周恆留住，不留住他，叫韓世忠提頭來見！」

內侍疑惑地看了沈傲一眼，一頭霧水。

沈傲冷聲道：「快去！」

終於清靜了，沈傲回到閣中去逗弄了一會兒沈雅，又乖乖地到暖閣裡去看了一會兒書，心裡開始琢磨著返宋的事。

韓世忠果然幸不辱命，也不知用的是什麼法子，讓周恆消失了幾日。

沈傲也開始忙碌起來，既然要遠行，許多事都要交代，連日召見了楊振、王召、鬼刺，又見了烏達和李清，囑咐了許多話，總算交代清楚了。

政務上，若是連三省都不能決定的大事，可以讓人快馬送到汴京去。至於武備上，只要盯緊了明武學堂和新編練的禁軍即可；不過各地的隨軍、邊軍也要開始重新打亂，一些軍將的人事任命也要操心一下，淘汰掉老弱，並且從明武學堂建立軍政司，前往各地視察，督促檢驗各地操練的結果，核實吃空餉的情況。

這麼做，既是對各地的駐軍有了一個制衡，另一方面也能提高戰力。等將來明武學堂的武士放出來，才是真正全國範圍內大練兵的時候。

不過這一次裁撤老弱規模不小，足足五十餘萬夏軍，幾乎裁撤掉了三成，只餘下了三十五萬，一方面，是老弱實在太多，軍中居然還留了不少年逾古稀的老軍伍。這等人莫說打仗，就是行軍也是困難。當然是撥出銀錢來打發他們回鄉了事。

不過縱是如此，北邊對女真人的防備還是不能鬆懈，畢竟以往夏軍大多駐紮在宋境一帶，如今宋夏不可能再起衝突，大批的南部邊軍可以遷往祁連山一帶。

原本以爲十天半個月就可以把所有事交代清楚，誰知一直耗到了十月，既然如此，沈傲只能先在這裡陪淼兒過了下元節再說。

這時正値收穫季節，幾乎家家戶戶都用新穀磨糯米粉做成飯糰，包上素菜餡心，蒸熟後食用。城中的道觀以及道家門徒的家門外均豎旗杆，杆上掛黃旗，旗上寫著風調雨順、國泰民安、消災降福等字樣。

西夏漢人居多，黨項人原本就漢化得深，再加上李乾順當政時崇尙國禮，所以這節日與大宋一般無二，甚至有過之而無不及，同樣熱鬧得很。

沈傲在宮裡陪淼兒吃了齋飯，又叫宮裡蒸了許多飯糰送到明武學堂和武備校尉那邊去，接著就是去給李乾順問安。

李乾順所住的宮殿叫聖元宮，見了沈傲，李乾順顯得很是高興，詢問他返宋的事。一聽到返宋，淼兒的俏臉上就露出幾分不悅，卻拚命做出一副不願干涉的樣子。

李乾順苦笑道：「堂堂大夏監國，卻又要入汴京爲臣，倒像是鄭恆公事周室一樣，罷罷罷！你的事，朕不管，大夏既然交在你的手上，朕不過問這些。」說罷笑道：「朕有雅兒相伴就好了。」

接著叫奶娘將沈雅抱來，這時的沈雅已經可以翻身，越發不老實起來，一落入李乾順的手裡，便直勾勾地看著奶娘的胸脯哇哇大哭。

沈傲心裡罵了一句，有奶就是娘。又坐了一會兒，便出了聖元宮。

這時，女真那邊有了音信，完顏阿骨打終於屈服，價値十億的珠寶銀錢也都準備妥當，由數千個女真武士送到祁連山，西夏再派人去清點，確認無誤之後，雙方進行交割。

上千輛大車往返於祁連山往龍興府的官道，將這筆巨大的財富運過來。爲了保護這些珍寶，更有五千禁衛押送，沒有一個月的時間，也不可能全部安置。這些東西只能暫時存到內庫去，想到這一筆驚天的財富，沈傲感覺像是將整個世界都握在了自己的手上一樣，整個人都精神起來。

十月十八這一日，沈傲終於打馬出了宮，帶了侍衛直接從東陽門出城。城外近七千步軍、水師校尉等候已久，由韓世忠帶隊，一起護著沈傲南下。

從三邊入西夏時，前途未卜，更不知有多少人虎視眈眈，沿途所過的城鎮都是猶疑搖擺，態度冷漠。如今沈傲回程，卻又是另一番光景，不管是漢官還是番將，沈傲人還未到就已經做好了迎接的準備，殷切到了極點。

沈傲一路快行，並不停留，只用了十天功夫，終於過了宋境。踏入這裡，沈傲有一種闊別已久的情感，令校尉們入熙河暫時休整。

此時的熙河，再不像從前那樣只是單純的軍事重鎮，商業逐漸繁盛起來，來了商人，自然少不得增添了不少貨棧和酒肆，熱鬧非凡。

童貫仍舊出城迎接，只是和童貫同來的一個人，沈傲卻依稀記得，這人穿著蟒袍，中氣十足，竟是站在童貫的身前，而童貫這三邊第一大老卻不得不站在他的右下邊。

「成國公！」沈傲叫出了這人的名字。

成國公王信，是開國公之後，王家一度削爵，後來神宗念及他們先祖的功勞，又覺得朝中的公爵實在太少，由於大宋的爵位極少能世襲罔替，因此到神宗時，公爵不過寥寥數人而已，於是大筆一揮，竟是讓他們補了祖上的恩蔭。

不過成國公一脈畢竟在京城沒有太多的關係，所以雖然貴爲郡公，卻並不起眼，甚至連一些侯門都不如，沈傲和這王信打過幾次交道，並不是很熟稔，只記得這傢伙很想攀自己的交情。

只是不知道他爲什麼來了這邊鎮，看他意氣風發的樣子，倒像是近來風生水起了一樣。

王信年紀並不大，三十歲上下，許是在汴京城中一向夾著尾巴做人的緣故，臉上總是保持著謙遜的笑容。

「平西王殿下旅途勞頓，下官備了些酒水爲殿下接風洗塵，殿下若是不棄……」王信笑吟吟的迎過去。

沈傲見童貫臉色有些不好看，心裡似是明白了什麼，淡淡的打斷他道：「本王乏了，這酒水就免啦，多謝成國公的美意。」

一句不冷不熱的話，讓王信的臉色變得有些尷尬，他身後的童貫這時臉色才好看了一些。至於隨來的邊鎮軍將，竟都露出幾分竊喜，想必這成國公在三邊的人緣並不好。

王信乾笑一聲，道：「王爺既然累了，何不到欽差行轅去歇一歇，下官已經準備好了下榻之處……」

沈傲淡淡道：「不必，本王向來都是在童監軍府上住的，這習慣改不了。」說罷，不去理會這王信，徑直與童貫入城。

以沈傲今世今日的地位，根本不必去理會一個國公，更何況還是王信這樣的邊緣人物。王信當然也知道這個道理，也不敢說什麼，乖乖的帶著自己的隨從跟過去。

請續看《大畫情聖》第二輯 八 誓不兩立

大畫情聖II 七 真命天子

作者：上山打老虎
發行人：陳曉林
出版所：風雲時代出版股份有限公司
地址：105台北市民生東路五段178號7樓之3
風雲書網：http://www.eastbooks.com.tw
官方部落格：http://eastbooks.pixnet.net/blog
Facebook：http://www.facebook.com/h7560949
信箱：h7560949@ms15.hinet.net
郵撥帳號：12043291
服務專線：(02)27560949
傳真專線：(02)27653799
執行主編：朱墨菲
美術編輯：吳宗潔

法律顧問：永然法律事務所 李永然律師
北辰著作權事務所 蕭雄淋律師

版權授權：蔡雷平
初版日期：2014年11月
初版二刷：2014年11月20日
ISBN：978-986-352-023-8

總 經 銷：成信文化事業股份有限公司
地　　址：新北市新店區中正路四維巷二弄2號4樓
電　　話：(02)2219-2080

行政院新聞局局版台業字第3595號 營利事業統一編號22759935

定價：280元　　特惠價：199元

國家圖書館出版品預行編目資料

大畫情聖II ／ 上山打老虎 著. -- 初版. -- 臺北市：
風雲時代，2014.04 -- 冊；公分

ISBN 978-986-352-023-8（第7冊；平裝）

857.7　　103003450